作者近照

与格林纳达总理米切尔合影

与格林纳达外长戴维合影

与澳大利亚昆士兰州州督德泽西合影

使者行吟

赵永琛诗词选

赵永琛◎著

世界知识出版社

序　言

自从盘古开天地，三皇五帝到如今，华夏之邦英才辈出，灿若群星。人文始祖，聚族而居，打通中华民族血脉。三皇五帝修圣德，倡礼仪，定法度，启民智，施惠芸芸众生，奠定中华民族根基。历代帝王将相开疆拓土，守护九州四海，筑建华夏子民安身立命之所。文人雅士、才子佳人创作诗词歌赋，玩赏琴棋书画，缔造中华文明之魂。诸子百家宏论滔滔，史家哲士编修经史子集，成就中国文化、历史、哲学、政治、经济诸科学问。方家大德创制儒释道，导引众生崇德尚善，修福祈祥。亿万子民同心合力，前赴后继，数千年奋斗不止，铸造华夏民族精神，自立于世界民族之林。

敝人数十年来每每披阅二十四史，自豪之情时常充盈心扉。如今虽过知天命之年，且出使异国他乡，公务缠身，无暇参与国内祭祀先贤典礼，但念及无数古圣先贤功高德昭，心有戚戚焉。故特作百首律诗绝句，歌之咏之，赞其伟业，布其功德，以期告慰诸先贤，亦聊以昭告子孙后代，勿忘我中华先贤恩泽，务必勤勉向学，修身齐家，建功立业，造福后人。

章豪本布衣，束发之年耕读于琼西，备尝文革十年浩劫之苦。幸遇改革开放机缘，凭借东风，负笈渝州。眼观歌乐红岩，面壁法经，俯察人寰，修成正果。旋赴京华，忝列西席，充当园丁，培育桃李。虽天生愚钝，尚能笔耕不辍，经年渐次累积数百万言。不惑之年，寰宇时局突变，恐怖主义甚嚣尘上，惊涛骇浪震惊世界。旋受命于危难之际，参谋于帷幄之中，奔波于五洲四海，为国筹谋反恐之大计，力效犬马之劳，迩来十载，不敢懈怠。虽智愚力寡，然亦能凭借机缘成就一二事功，深感幸甚已哉。而今我泱泱华夏，河清海晏，万民和谐，当此之时，忝列使节之阶，持节云游，依次出使俄罗斯、澳大利亚、格林纳达，备感与有荣焉。韶光飞逝，不经意间，迄今已近八年矣。闲暇之时重拾少年文学梦，间或赋诗填词，传述异国他乡见闻，歌以咏志，聊以自慰，亦与亲朋故旧分享之。

近些年，党中央、国务院号召大力振兴中华传统文化，余深以为然。公务之余，逐将历年所填近体诗词，编辑成册。承蒙世界知识出版社同仁厚爱，不辞辛苦，予以编辑出版，不胜感谢。本诗词集分四卷，即卷一古风，以古文体畅言法治、德治和善治；卷二中华先贤颂，选取历朝历代对中华民族有巨大贡献之明君将相及诸子百家和名人雅士加以歌咏，并按其所处年代先后排序。歌咏开国明君者，以七律为主，其余皆为七绝；卷三列国游，按歌者出访、游历先后次序编排，但又兼顾游记主题而略有微调；卷四抒怀咏志，以弘扬爱国主义精神为要，兼及相关主题。卷三和卷四均按先诗后词为顺序编排，凡词牌相同者，则以填写的时间先后为序。

敝人自知诗词歌赋、文史功底浅薄，瑕疵断不可免，但敝帚自珍，决意结集出版，惟愿与读者诸君分享所见所闻、所思所想。不求闻达于诸侯与众生，但愿能有一二传世，即幸甚矣。是为序。

赵永琛

2018 年 12 月 18 日

目录

丙·咏名相良将

卷三 列国游记

乙·时事物语

卷一

古　风

法治吟六首

甲　法史

人文伊始，民智未开。
言行举止，道法自然。
良俗公序，相沿成习。
君臣分序，国法乃生。
王者定制，庶民依从。
尧舜尚德，周公吐哺。
诸子百家，宏论逸出。
儒法并行，历久弥新。

夏日炎炎之际，往访岭南，感慨良多。游历南华寺，瞻仰六祖，感念坛经之通俗易懂。旋游潮州韩园祠，遥想初唐韩愈治理粤东之不易；漫步广济桥，观百牌坊，追思先贤之功业，倍感粤东客家人良俗公序之可嘉。夜宿汕头，有所顿悟。庚寅年处暑返京记要。

本古风诗文原题为《法治箴言》，曾附录于作者《公共治理策论》文集中，2010年由中国人民公安大学出版社出版。

郑铸九鼎，秦简行世。
汉家律令，唐律疏议。
蒙元横刀，大明兴律。
清室汉化，终归一统。
辛亥革命，终结帝制。
共和再造，神州复兴。
州府市县，公权分立。
国体既定，宪法至上。

乙　刑法

以刑去恶，教化顽劣。
惩恶扬善，淳风化俗。
罪行法定，罚当其罪。
正当防卫，情有可原。
防卫过当，酌情问责。
多行不义，数罪并罚。
矫治适度，宽严相济。
乱世重典，盛世轻刑。

丙　刑事诉讼法

刑事诉讼，衡平为要。
查案洗冤，务求正义。
公器慎用，私刑严禁。
庭前诉求，无罪推定。
彰否论罪，须凭理据。
法官断案，克己中立。
宁可轻纵，莫造冤屈。
矫枉过正，必遭诟病。
公正司法，大义昭明。

丁　民法

民事滥觞，物权造化。
合法财产，不受侵蚀。
婚姻家庭，和睦亲仁。
身份名誉，不可漠视。

但凡商事，必先约定。
善意履约，贵在诚信。
违约必赔，侵权必究。

戊　民事诉讼法

民间纠纷，缘起权益。
争讼求胜，陈词多僻。
缠讼过久，心力焦急。
举证责任，两造莫失。
居间调解，秉公裁断。
化解纠纷，务求明理。
公权慎用，私欲莫纵。
徇私舞弊，反受其乱。
定分止争，息事宁人。

己　公法

治国理政，民生莫误。
扶危济困，苍生普度。

兼爱天下，和谐共生。
与民争利，有伤天理。
吏治涣散，国殇必至。
汉唐盛世，如斯为证。
良法济世，德政惠民。
礼刑兼施，天下为公。
修文崇义，海晏河清。
良政善治，本固邦宁。

短歌行十三首

仁

仁者恒爱人，
尚善有德行。
修身勤为道，
为政惠泽民。

义

任事明义理，
信念心中留。
做人讲义气，
名利莫强求。

欣闻中共中央办公厅、国务院印发弘扬中华传统文化的文件，感同身受，故作短诗十三首，示儿孙，亦聊以自慰。

该诗2016年12月16日作于澳大利亚。

礼

国交礼相待，
祭天敬为先。
孝亲有尊卑，
交友慕良贤。

智

勤学长心智，
处事道行通。
见识超众人，
谋高气势宏。

信

信誉诚为本，
奸狡难立人。
独处存善念，
诳语莫乱言。

忠

事君无二心，
辨友患难时。
夫妇交相敬，
报国志不移。

孝

恭亲心至诚，
老弱不生嫌。
舜帝为师表，
孝行耀尧天。

节

持家当节俭，
凡事应有度。
如不知节用，
万类皆荼毒。

廉

公器勿私用，
为官莫敛财。
清誉廉为首，
贪赃必遭灾。

勇

遇敌不退让，
任事敢担当。
历险也无惧，
勇者何畏难。

烈

慷慨殉国难，
志士多壮怀。
烈女守忠贞，
重情义不衰。

恕

宽宥他人过，
常怀恻隐心。
遇事多体谅，
常寄怜悯情。

耻

行事知底线，
谋利不失德。
尊严若不顾，
受辱又挫折。

善治吟十五首

富强

皇皇华夏，得道天襄。
百业兴旺，国本刚强。
亿兆同心，安居四方。
经国济世，富民安邦。
外敌无侮，疆土无恙。
声威赫赫，国势隆昌。
东风浩荡，国运辉煌。
宏图徐展，初现小康。

十八大以降，党和政府倡行中华优秀传统文化，弘扬社会主义核心价值观，依良法治国，施德政惠民，行善治安邦。当此盛世，微言解惑，权当献策。

民主

国之四维，兆民砥柱。
民为邦本，国权民有。
普天之事，全民共治。
社稷安危，全民共担。
国运兴衰，匹夫有责。
国体民定，宪政为纲。
权为民用，执政为民。
民心莫逆，民志莫违。
同心协力，共襄盛世。

文明

日月星辰，运行有恒。
亿兆生命，天赋性灵。
各尊其神，各修其文。
教化相承，各遵德行。

琴棋书画，各异其趣。
诗词歌赋，各寓其意。
良序公俗，殊途同归。
各安天命，各享其成。

和谐

春夏秋冬，四时有常。
万物共生，各美其美。
琴瑟相谐，音律交响。
社会和谐，各得其所。
孤寡有靠，妇孺有依。
孺子有学，病患有医。
居得其所，民心安和。
万民乐业，美梦共圆。
国族融和，其乐陶陶。

公正

天道有常，贵在循律。

地动山摇，肇始板荡。
公序若失，乱局滥觞。
施政守职，正义昭彰。
执法秉公，不徇私情。
调处纷争，务求公平。
利益分配，均等先行。
人事代谢，选贤任能。
人间正义，大道无形。

平等

亿兆生蕃，物类天造。
生而平等，无问西东。
族群有异，不可歧视。
男女有别，权利平等。
同工同酬，劳逸相间。
职业有别，人格同价。
公民问政，平等参与。
法律面前，公正守恒。

自由

人生在世，自由为要。
信仰自由，我思我在。
求知自由，探寻真理。
言行自由，止于至善。
意志自由，爱憎自酌。
婚姻自由，情感为重。
创作自由，明于格物。
参政自由，依宪行止。
谏言无罪，守义无价。
追求自在，不逾德法。
尚善自由，完美人生。

顺生

春夏秋冬，日月星辰。
天道有初，顺势则昌。

各族共和，顺生则兴。
民愿莫负，民心莫枉。
民利莫损，民情莫怠。
民气莫泄，民风莫伤。
民怨宜解，民意莫误。
堰塞宜导，众口莫禁。
趋利避害，顺义利贞。
乾坤正位，国运亨通。

兼爱

世间万物，相克相生。
同类相害，其生不蕃。
同气相求，共存共荣。
列强相争，胜负难料。
求同存异，和平共处。
怀仁积德，富济穷邻。
慈善众生，博爱无疆。
和衷共济，天下大同。

开智

宇宙洪荒，奥妙无穷。
人智洞开，略知一二。
圣人开悟，通晓数理。
能工造物，精益求精。
遨游太空，遥测天文。
下海探宝，晓知地理。
索隐解谜，鉴古通今。
探幽揽胜，穷究秘籍。
格物致知，通灵开智。
道律无穷，学无止境。

重教

人生伊始，懵懂无知。
咿呀学语，父母教习。
蹒跚学步，随人行止。

童子发蒙，智化随师。
天资有别，勤习有成。
公学私塾，有教无类。
教化导民，广普智识。
无书不读，无艺不修。
弘道树德，淳风化俗。
修身齐家，立业树人。
功成济民，普惠众生。

扶贫

世间众生，各有千秋。
富贵贫弱，相克相生。
扶危济困，善道至懋。
救死扶伤，人道至尊。
兄弟相助，人伦至淳。
邻里相帮，淳风睦睦。
襄助乡梓，德泽名扬。
散财行善，福荫子孙。
普世共富，普天共荣。

肃贪

国有国法，党有党纪。
乡有民约，道有规律。
为官清廉，天经地义。
正心修身，顶天立地。
戒奢崇俭，德刑相济。
吏治必严，廉政不贻。
法网密织，打虎拍蝇。
奸雄敌国，天理难容。
贪腐不除，国难必至。
涤瑕荡秽，肃贪正气。
赏善罚恶，彰显公义。

强兵

存亡之道，强兵为要。
军机要务，不可不察。

外防强虏，内防奸佞。
海防戍边，空防御敌。
重器必备，兵法必精。
治军必严，练兵必实。
风纪不严，军心松弛。
武备不善，外侮难敌。
军力不济，衰象必生。
军威浩然，国势隆盛。
正义之师，无往不胜。

善治

古今中外，理政不易。
师长法道，通鉴资治。
尧舜尚仁，周公吐哺。
春秋争鸣，秦皇一统。
文景尚道，汉武重儒。
开科取士，隋创先河。
贞观之治，文武兼顾。

风光盛唐，一时无两。
文明赵宋，敦仁尚德。
暴元民苦，乏善可陈。
大明雄起，传承正朔。
开疆拓土，康乾功显。
闭关锁国，反遭夷患。
推古验今，择善而从。
德法兼施，外和内安。
国族承平，江山永固。

卷二

中华先贤颂

甲 · 咏明君圣祖

歌咏炎帝

远古初民智未开，
遍尝百草察药功。
教民耕种兴五谷，
造耜钧陶惠众生。
聚族繁衍延血脉，
开天辟地显神通。
莽荒僻壤兴部落，
始祖人文赖神农。

炎帝，又称神农氏，上古人物，被世人尊称为“药王”“五谷王”“五谷先帝”“神农大帝”“地皇”等。华夏上古“三皇”之一，传说乃农业和医药的开创者。

该诗 2017 年 1 月 15 日作于澳大利亚布里斯班。

歌咏黄帝

千蕃部族踞中原，
威武轩辕摄四方。
狄夷苗民皆降服，
蛮戎黎裔不嚣张。
九州震旦生民壮，
万众追随社稷昌。
马放南山修圣德，
丰功伟业永流芳。

黄帝，上古华夏部落联盟首领，华夏民族共主，“五帝”之首，被尊为中华“人文初祖”。中华子民自认“炎黄子孙”，始源于此。

该诗 2017 年 1 月 15 日作于澳大利亚布里斯班。

歌咏尧帝

继嗣先皇百岁王，
鸿恩浩荡万民尊。
修为绝智成人圣，
显化仁慈塑国魂。
唐县开基成共主，
纲常订立倡人伦。
躬行圣德勤政务，
泽被苍生定乾坤。

尧帝（约公元前2377—前2259年），姓伊祁，号放勋，古唐国（古称河东地区，今山西临汾）人 。上古时期华夏部落联盟首领，“五帝”之一。尧为帝喾之子，从帝喾继承帝位，后禅让于舜。

该诗2017年1月16日作于澳大利亚布里斯班。

歌咏舜帝

父兄冥顽多暗算，
孝礼如仪德不穷。
精务农桑襄邻里，
修行仁义感圣公。
济民匡世行德政，
纬地经天积高功。
夙夜躬身勤为政，
尧禅受位更谦恭。

舜帝（约公元前2277—前2178年），姚姓，妫氏，名重华。上古时期华夏部落联盟首领，被后世尊为“五帝”之一。

该诗2017年1月作于广州。

歌咏禹帝

疏壅治水除民患，
劈地开山制恶龙。
屡过家门无暇入，
追随舜帝有心从。
黄河通畅农耕顺，
功业垂成美誉隆。
逐鹿中原承正朔，
奠基华夏立丰功。

禹帝，姒姓，夏后氏，名文命，字高密，号禹，后世尊称大禹。夏后氏首领，传说为帝颛顼曾孙、黄帝轩辕氏第六代玄孙，夏朝开国君主。

该诗 2017 年 1 月 14 日作于广州。

咏商汤

夏桀终朝法度驰，
商汤聚族举义旗。
万邦诸侯拥共主，
换代改朝不稀奇。

商汤（约公元前 1670—前 1587 年），即成汤，子姓，名履，又名天乙，契第十四代孙，商朝创立者，上古圣王之一。

该诗 2017 年 1 月 17 日作于澳大利亚布里斯班。

咏周文王

岐周世族起苍黄，
积善行仁道义昌。
羑里推演周易解，
鸿恩厚德谥文王。

周文王（约公元前1152—前1056年），本名姬昌，别称西伯昌、伯昌、西伯侯，周朝创立者周武王之父，谥文。太史公有云，“文王拘而演周易”，即文王创作了《周易》。

该诗2017年1月16日作于澳大利亚布里斯班。

咏周武王

承继文王德政昌，
潜修武业揽良贤。
牧野伐纣殷商灭，
霸业修成七百年。

周武王（约公元前 1087—前 1043 年），姬姓，名发，谥武，西周时代青铜器铭文称其为珷，是西伯昌与太姒嫡次子，西周创建者。

该诗 2017 年 1 月 16 日作于澳大利亚布里斯班。

咏秦始皇

千古枭雄数祖龙，
江山一统盖天功。
郡州分治纲常定，
度量恒同轨道通。
书法厘清兴命脉，
长城修筑御蛮戎。
焚书虽惹儒生恨，
帝制昭彰国祚亨。

秦始皇（约公元前259—前210年），嬴姓，赵氏，名政。生于赵国都邯郸，战国末期秦国君主，13岁即王位，39岁称皇帝。在位37年，先后扫灭韩、赵、魏、楚、燕、齐六国，统一中国，建立中央集权国家体制，自称“始皇帝”，被尊为“千古一帝”。

该诗2016年12月12日作于澳大利亚布里斯班。

咏汉高祖

竖子原来不读书，
散游乡下揽门徒。
揭竿抗暴群英起，
买马招兵将士扶。
野境刀斩白帝子，
大军捷足入秦都。
秋毫无犯西楚地，
法统承传定江湖。

汉高祖刘邦（公元前256—前195年），沛丰邑中阳里（今江苏丰县）人，汉朝开国皇帝，中国史上第一个平民出身的皇帝，汉民族和汉文化的伟大开拓者之一。

该诗2016年12月12日作于澳大利亚布里斯班。

咏汉文帝

庶子君临匡汉室，
修文偃武创新机。
扶持农事安天下，
四海升平旷代稀。

汉文帝刘恒（公元前203—前157年），汉高祖刘邦第四子，西汉第五位皇帝，在位23年（公元前180—前157年）。

该诗2016年12月12日作于澳大利亚布里斯班。

咏汉景帝

景从文帝治王邦，
戡乱削藩有义方。
强国惠民相顾及，
崇文重义美名扬。

汉景帝刘启（公元前188—前141年），汉文帝刘恒第五子，母孝文皇后窦氏（即窦太后），西汉第六位皇帝。与其父文帝统治时期合称“文景之治”。

该诗2016年12月17日作于澳大利亚布里斯班。

咏汉武帝

年少登基气自华，
雄才大略道行深。
开疆拓土安天下，
创业扬威御国臣。
儒术独尊文脉盛，
法规一统国基贞。
威加海内四邻服，
赫赫功勋绝凡尘。

汉武帝刘彻（公元前157—前87年），汉朝第七位皇帝，7岁时被册立为太子，16岁登基，在位54年，文治武功，功绩显赫，被后世列为“秦皇、汉武、唐宗、宋祖”四位伟大皇帝之一。

该诗2016年12月12日作于澳大利亚布里斯班。

咏汉光武帝

绝嗣重生殊不易，
中兴道统铁肩扛。
承传祖业安东土，
光武功高媲汉王。

汉光武帝刘秀（公元前 5—公元 57 年），字文叔，南阳郡蔡阳县（今湖北枣阳）人。刘邦九世孙，东汉帝国建立者，庙号世祖，谥号光武皇帝。公元 25 年，在鄗县登基称帝，改元建武，国号为“汉”，史称东汉。

该诗 2016 年 12 月 17 日作于澳大利亚布里斯班。

咏魏武帝

雄才大略冠今古，
绝世诗文媲诗经。
纬地经天扶汉室，
大忠似奸落污名。

魏武帝曹操（155—220 年），字孟德，沛国谯县（今安徽亳州）人。东汉末年杰出政治家、军事家、文学家、书法家，三国时期曹魏政权奠基人。

该诗 2016 年 12 月 14 日作于澳大利亚布里斯班。

咏汉昭烈帝

皇孙落魄走江湖，
结义桃园复国图。
三顾茅庐招隐士，
西南裂土建新都。

汉昭烈帝刘备（161—223 年），字玄德，东汉末年幽州涿郡涿县（今河北涿州）人，西汉中山靖王刘胜后代，三国时期蜀汉开国皇帝。

该诗 2016 年 12 月 14 日作于澳大利亚布里斯班。

咏吴大帝

自古江南多豪杰，
世人争说孙仲谋。
江东父老勤相问，
霸业何时贯九州。

吴大帝孙权（182—252年），字仲谋，吴郡富春（今浙江富阳）人，三国时期东吴建立者。222年建立吴国，自称吴王；229年称帝，即东吴。谥号大皇帝，因其庙号为太祖，又被称为吴太祖。

该诗2016年12月14日作于澳大利亚布里斯班。

咏晋武帝

三国衰朽奢俗兴，
司马戡夷篡魏廷。
统合承基平内乱，
前明后暗误英名。

晋武帝司马炎（236—290年），字安世，河内温县（今河南温县）人，三国时期魏国权臣司马懿之孙、司马昭之子，晋朝开国皇帝（265—290年在位）。

咏晋元帝

世族宗支忙摄政，
力扶倾柱正危銮。
中兴嗣晋难如愿，
权鼎歪斜毁玉冠。

晋元帝司马睿（276—323 年），字景文，东晋开国皇帝（318—323 年在位）。三国时期魏国权臣司马懿曾孙，晋武帝司马炎从子。

该诗 2016 年作 12 月 14 日于澳大利亚布里斯班。

咏隋文帝

五胡乱华恨千秋，
承袭北周有腹谋。
三灭宗王除国号，
七安郡县定神州。
选贤纳士开官道，
建制行省摄郡侯。
输籍均田施德政，
开皇盛世足风流。

隋文帝杨坚（541—604年），弘农郡华阴（今陕西华阴）人，隋朝开国皇帝，谥号文帝，庙号高祖。

该诗2016年12月14日作于澳大利亚布里斯班。

咏唐高祖

炀帝劳民生谤怨，
兴兵戡乱扶危銮。
乘机定鼎膺天命，
隋祚唐移太上皇。

唐高祖李渊（566—635年），字叔德，祖籍陇西成纪（今甘肃省天水市秦安县叶堡乡）人，生于长安，唐朝开国皇帝。

该诗2016年12月24日作于澳大利亚布里斯班。

咏唐太宗

玄武门内寒光剑，
争继王储摄四方。
北伐胡蕃圈国界，
西征突厥降汗王。
内施德政兴社稷，
外立声威服贡邦。
武治文功千古颂，
贞观仁泽四海扬。

唐太宗李世民（598—649年），生于武功别馆（今陕西武功县），唐高祖李渊和窦皇后次子，唐朝第二位皇帝。626—649年在位，期间开疆拓土，文功武治，奠定盛唐基础，史称“贞观之治”。

2016年12月24日作于新加坡候机楼。

咏武则天

神州帝制传千载，
女帝唯闻武则天。
父子为夫堪艳绝，
唐周改制更无双。
御臣有术纲常稳，
掌玺精深国势昌。
终老还朝归正朔，
无字碑下听秦腔。

武则天（624—705年），武姓，名曌，并州文水（今山西文水县）人。中国历史上唯一的女皇帝，67岁即位，是即位年龄最大、寿命最长皇帝之一。

该诗2016年12月24日作于澳大利亚至新加坡航班上。

咏宋太祖

乱世英雄故事多，
黄袍加挂也堪奇。
扫平十国生威势，
师法三皇展伟姿。
复礼春秋行尧政，
传承李杜唱新词。
国强民阜文风盛，
绝代风流冠百夷。

宋太祖赵匡胤（927—976 年），祖籍涿郡（今河北涿州）人，生于洛阳夹马营，北宋王朝建立者，庙号太祖。

该诗 2016 年 12 月 24 日作于澳大利亚至新加坡航班上。

咏宋高宗

靖康蒙难金銮破，
重整河山气不凡。
正朔传承堪不易，
江南分治也艰难。
岳飞灭虏豪情壮，
秦桧谗臣旧殿寒。
古道男儿难复见，
秦淮洒泪困临安。

宋高宗赵构（1107—1187 年），字德基，宋徽宗赵佶第九子，北宋末代皇帝，宋钦宗赵桓异母弟。南宋开国皇帝，也是宋朝第十位皇帝，在位 35 年。

该诗 2016 年 12 月 24 日作于澳大利亚至新加坡航班上。

咏成吉思汗

漠北弯弓驱虎豹，
东征西战灭群酋。
莱茵饮马溅秋水，
汗国分封镇亚欧。

元太祖成吉思汗（1162—1227 年），又称成吉思皇帝、成吉思可汗，名铁木真，孛儿只斤氏，蒙古乞颜部人。1206 年登基时，诸王和群臣尊其为成吉思汗，在位 22 年。

该诗 2016 年 12 月 24 日作于澳大利亚至新加坡航班上。

咏元世祖

漠北狼烟遮日月，
英姿勃发气轩昂。
屠城灭族腥风急，
绝祀焚书血雨殇。
入主中原承正统，
分封亚欧立汗王。
可怜赵宋烟灰灭，
盛世悲歌挽旧邦。

元世祖孛儿只斤·忽必烈（1215—1294 年），蒙古监国托雷第四子，元宪宗蒙哥弟。大蒙古国末代可汗，元朝开国皇帝。

该诗 2016 年 12 月 24 日作于澳大利亚至新加坡航班上。

咏明太祖

乱世为僧循佛寺，
蛟龙难耐浅溪沟。
腾冲乘势除雠寇，
拜将膺功胜列侯。
汉制复修驱鞑虏，
中兴王道护神州。
肃贪治吏刑名重，
铸造明朝数百秋。

明太祖高皇帝朱元璋（1328—1398年），字国瑞，原名重八，后取名兴宗，濠州钟离（今安徽凤阳）人，明朝开国皇帝。幼年入皇觉寺为僧，汉高祖刘邦以来第二位平民出身君主。

该诗2016年12月25日作于北京。

咏康熙

白山黑水起苍黄，
入主中原习汉唐。
兼并北辽除弊患，
平收西域镇胡邦。
吐蕃归顺羁縻盛，
蜀道疏通楚地昌。
治乱承平成盛世，
融和五族靖边疆。

清圣祖康熙（1654—1722年），名爱新觉罗·玄烨，清朝第四位皇帝，清定都北京后第二位皇帝。年号康熙，后世称为康熙帝。8岁登基，14岁亲政，在位时间61年，是中国历史上在位最久的皇帝。

该诗2016年12月25日作于北京。

乙·咏诸子百家

咏管仲

奇谋盖世伺桓公，
妙算神机破卫侯。
天子式微撑乱局，
联盟五霸弱东周。

管仲（公元前725—前645年），姬姓，管氏，名夷吾，字仲，谥敬，被称为管子、管夷吾、管敬仲，颍上（今安徽颍上县）人，春秋时代法家代表人物。

该诗2016年12月25日作于北京。

咏李耳

道德经书千古传，
箴言妙语见真章。
天机万象皆穷尽，
觉悟人生道业昌。

李聃（约公元前 571—前 471 年），姓李名耳，字伯阳，外字聃，世人尊称为“老子”。东周春秋末周收藏室吏、春秋时代思想家，著作被奉为《道德经》，是道家经典之一。

该诗 2016 年 12 月 25 日作于北京。

咏孔丘

鸿儒巨匠法先王，
至圣先师正史纲。
齐家治国平天下，
论语箴言代代传。

孔子（约公元前 551—前 479 年），子姓后裔，孔氏，名丘，字仲尼，后代敬称孔子或孔夫子。生于鲁国陬邑（今山东曲阜），祖先为宋国人，东周春秋末期鲁国教育家与思想家，为儒家学派创始人。

该诗 2016 年 12 月 25 日作于北京。

咏孙武

宗师兵法知何处，
孙武堪称第一人。
妙策奇谋通今古，
安邦治国道行深。

孙武（约公元前545—前470年），字长卿，春秋末期齐国乐安（今山东广饶县）人。春秋时期军事家、政治家，著有《孙子兵法》，被世人尊称“兵圣”或孙子。

该诗2016年12月25日作于北京。

咏子产

铸鼎刊刑罪罚清，
乡规不毁察民情。
惠民克己理朝政，
晋楚樽俎享太平。

子产（？—公元前522年），姬姓，国氏，名侨，字子产，又字子美，谥成，又称公孙侨、公孙成子、东里子产、国子、国侨。春秋末期郑国贤相，著名政治家、思想家。

该诗2016年12月25日作于北京。

咏曾参

曾参至孝不虚传，
一解经书孝道昌。
三省己身修厚德，
鸿儒宗圣业功刚。

曾参（公元前505—前432年），春秋末期鲁国南武城（今山东嘉祥县）人。儒家主要代表人物之一，孔子弟子，世称“曾子”，有“宗圣”之称。

该诗2016年12月25日作于北京。

咏墨翟

墨子传经严律纪，
非攻兼爱亦融通。
轻儒废法交相利，
济世匡民尚大同。

墨子（约公元前468—前376年），姓墨，名翟，战国初年思想家、科学家、军事家，墨家学派创始人。著有《墨子》传世。

该诗2016年12月25日作于北京。

咏扁鹊

医经内外俱相通，
妙手回春显硬功。
但学神农尝百草，
炼丹制剂创门宗。

扁鹊（公元前407—前310年），姬姓，秦氏，名缓，字越人，又号卢医，春秋战国时期郑国渤海郡（今河北沧州市任丘市）人。中国历史上四大名医之一。

该诗2016年作12月26日于北京。

咏王诩

隐居鬼谷修韬略，
授业张苏露诡机。
捭阖纵横兴灭事，
成王败寇预先知。

王诩（公元前400—前320年），即鬼谷子，春秋战国时期卫国朝歌（今河南鹤壁市淇县）人。长于持身养性和纵横术，精通兵法、武术、奇门八卦，因隐居鬼谷，故自称鬼谷先生。著有《鬼谷子》。

该诗2016年12月26日作于北京。

咏商鞅

商鞅变法为秦谋，
革故陈新展道遒。
只缘朝枢无共识，
悲歌车裂恸神州。

商鞅（公元前390—前338年），卫国顿近（今河南安阳市内黄县）人，卫国国君后裔，姬姓，故称为卫鞅，又称公孙鞅。曾辅佐秦孝公实行变法，因受封商地（今陕西商洛市）十五邑，又被称为商君、商鞅。战国时代政治家、思想家，法家代表人物。

该诗2016年12月26日作于北京。

咏孟轲

孟母三迁劝学坚，
修成亚圣继先贤。
亲传儒子仁功力，
济世匡王义理鲜。

孟子（约公元前372—前289年），名轲，邹（今山东邹城市）人。战国时期思想家、教育家，儒家学派代表人物。与孔子并称“孔孟”。

该诗2016年作12月26日于北京。

咏庄周

梦蝶庄生逸事多，
归田采菊唱高歌。
承恩避仕山林远，
清静无妄任蹉跎。

庄子（约公元前369—前286年），名周，字子休，战国时期宋国蒙（今河南商丘市，一说安徽蒙城县）人，著名思想家、哲学家、文学家。

该诗2016年12月26日作于北京。

咏许行

九州自古农耕重，
劝谏君民应一同。
稼穑艰辛儒子鄙，
事功难入颂歌中。

许行（约公元前372—前289年），楚国郢（今湖北江陵县）人，生于楚宣王至楚怀王时期，约与孟子同一时代。战国时期农学家、思想家。

该诗2016年12月26日作于北京。

咏惠施

刑名正解多辩士，
玄学条陈领先河。
辨证机枢循律理，
指点迷津巧论多。

惠子（约公元前370—前310年），名施，战国中期宋国（今河南商丘）人，战国时期政治家、哲学家，名家学派鼻祖。

该诗2016年12月26日作于北京。

咏屈原

神州代有英才出，
一曲离骚慰后人。
昂首问天难有解，
尘缘泪别拜河神。

屈原（公元前340—前278年），芈姓，屈氏，名平，字原；又自云名正则，字灵均。战国时期楚国诗人、政治家。中国浪漫主义文学的奠基人，“楚辞”的创立者和代表作家，开辟了“香草美人”的传统，被誉为“辞赋之祖”“中华诗祖”。其主要作品有《离骚》《九歌》《九章》《天问》等。

该诗2016年12月26日作于北京。

咏荀况

鸿儒术士君真健，
重法崇文具象通。
韩子法经同一脉，
承传帝术数唐宗。

荀子（约公元前313—前238年），名况，战国后期赵国人，时人尊称为荀卿。战国时期思想家、教育家，儒家学派代表人物。

咏吕不韦

出入东宫斯巨贾，
美姬进献悦秦公。
登堂摄政赢天下，
食客三千当附庸。

吕不韦（公元前292—前235年），战国时期卫国濮阳（今河南濮阳南）人。战国后期著名商人、政治家，后在秦为相十三年。

该诗2016年12月26日作于北京。

咏韩非

法术名头万古传，
至今语录尚新鲜。
安邦治国需良法，
律令昭彰追圣贤。

韩非子（约公元前280—前233年），战国末期韩国新政（今河南新政市）人，著名哲学家、思想家，法家集大成者，著有《韩非子》存世。

该诗2016年12月26日作于北京。

咏苏秦

经纶满腹未显时，
嫂不为炊妇矫情。
列国周游赢合纵，
一时名重九州惊。

苏秦（公元前337—前284年），字季子，东周雒阳（今河南洛阳）人，战国时期纵横家和谋略家，师从鬼谷子。

该诗2016年12月26日作于北京。

丙·咏名相良将

咏周公

克殷立储传宗法，
鼎力匡扶摄政勤。
仁道安邦成至圣，
井田治世暖民心。

周公（约公元前1100—前1043年），姬姓，周氏，名旦，谥文，又称周公旦。周公是周文王姬昌第四子，周武王姬发的弟弟，曾两次辅佐周武王东伐纣王，并创制礼乐。西周初期杰出的政治家、军事家、思想家、教育家，被尊为“元圣”和儒学先驱。

咏姜尚

蓑笠垂杆临渭水，
文王问道不曾嫌。
文韬武略详陈说，
日出东方赖圣贤。

姜尚（约公元前 1156—前 1017 年），姜姓，吕氏，名尚，一名望，字子牙，或单呼牙，别号飞熊，殷商末年东海（今山东莒县东吕乡）人。周文王曾拜姜尚为师。因辅佐武王克殷有功，为讨伐东夷，姜尚被分封于齐（今山东），是齐国始祖。

该诗 2016 年 11 月 26 日作于澳大利亚布里斯班。

咏范蠡

扫灭夫差扶勾践，
退隐江湖弄艾蒿。
致仕经商不惜力，
散财悟道乐陶陶。

范蠡（公元前536—前448年），字少伯，春秋时期楚国宛地三户（今河南淅川县）人。春秋末期政治家、军事家、巨贾。

咏吴起

襄助三侯兵法精，
战无一败料如神。
称名德寡史家笑，
不世英才难服人。

吴起（公元前440—前381年），战国时期卫国左氏（今山东定陶县）人。战国初期军事家、政治家，兵家代表人物。

咏白起

争锋列国建奇功，

掠地攻城胜不穷。

可恨平生耽劫杀，

骁雄亘古没尘中。

白起（约公元前332—前257年），《战国策》作公孙起，郿县（今陕西眉县常兴镇白家村）人。战国时期秦国名将，为秦国扫灭诸侯南征北战，几无败绩，但胜战后无情坑杀韩、魏、赵数十万降俘，为史书所不齿。

咏李斯

郡吏潜心修帝术，
功成拜相唱高歌。
运筹帷幄创鸿业，
失节遭殃叹奈何。

李斯（约公元前284—前208年），字通古，楚国上蔡（今河南上蔡县）人。早年为上蔡郡小吏，后和韩非师从荀子学习帝王之术。秦朝政治家、法家学说代表人物、文学家和书法家，曾任秦朝左丞相，有“千古一相”之誉，秦二世时被宦官赵高设计谋害。

该诗2016年12月26日作于北京。

咏项羽

江东孺子年轮少，
惊见秦皇冠盖仪。
誓语此生当取代，
难知垓下别虞姬。

项羽（公元前232—前202年），项氏，芈姓，名籍，字羽，楚国下相（今江苏宿迁）人，楚国名将项燕之孙。秦末农民起义领袖，军事思想“兵形势”代表人物，以个人武力出众而闻名。

该诗2016年12月12日作于澳大利亚布里斯班。

咏张良

幼学真经黄老教，
颍川策士道行高。
功成身退非凡响，
浪迹江湖也堪豪。

张良（约公元前250—前186年），字子房，颍川城父（今河南宝丰县）人。秦末汉初杰出谋士、大臣，与韩信、萧何并称为“汉初三杰”。

该诗2016年12月12日作于澳大利亚布里斯班。

咏萧何

汉初俊杰风流足，
冠盖群雄数萧何。
镇守关中分楚汉，
建章立制去沉疴。

萧何（公元前257—前193年），沛县（今江苏徐州市沛县）人，汉朝初年丞相，西汉初年政治家，谥号“文终侯”，“汉初三杰”之一，辅助汉高祖刘邦建立汉朝。

咏陈平

奇谋善变膺鸿业，
襄助刘郎建伟功。
开国英豪多受谤，
陈平独享善名终。

陈平（？—公元前178年），西汉阳武户牖乡（今河南原阳县东南）人，以谋略见长，多次出计献策襄助刘邦。西汉建立后，任右丞相，后迁左丞相。

该诗2016年11月12日作于澳大利亚布里斯班。

咏韩信

少小强吞胯下辱，
中原逐鹿展雄刚。
匡扶竖子争天下，
兔死狗烹究可殇。

韩信（？—公元前196年），淮阴（今江苏淮安）人，西汉开国功臣，官拜楚王、上大将军，后被刘邦吕后以谋逆罪赐死。

咏卫青

奴家俊杰骠骑帅，
北伐西征降寇奴。
大将膺功多圣迹，
匡扶社稷德不孤。

卫青（？—公元前106年），字仲卿，河东平阳（今山西临汾）人。西汉时期名将，汉武帝第二任皇后卫子夫弟，官至大司马大将军，封长平侯。

该诗2016年作11月15日于澳大利亚布里斯班。

咏霍去病

骠骑将帅少年郎，
统领千军镇四方。
荡涤匈奴如卷席，
靖边解难保安康。

霍去病（公元前140—前117年），河东平阳（今山西临汾）人，汉武帝第二任皇后卫子夫姨甥，卫青外甥，汉武帝时期对抗匈奴的名将。

该诗2016年11月15日作于澳大利亚布里斯班。

咏班超

出师西域不畏难，
剿灭凶酋万万千。
屯垦戍边传汉俗，
天山永固赖先贤。

班超（公元 32—102 年），字仲升，扶风安陵（今陕西咸阳）人。东汉著名将领、外交家，是开拓和维持汉代与西域关系重要人物。史学家班彪幼子，其长兄班固、妹妹班昭也是著名史学家，史称“三班”。

该诗 2016 年 11 月 15 日作于澳大利亚布里斯班。

咏周瑜

江东才俊英姿盛，
倜傥风流携媚娘。
竭智出奇据吴楚，
折冲樽俎魏蜀间。

周瑜（175—210年），字公瑾，庐江（今安徽庐江县）人。洛阳令周异之子。东汉末年东吴名将，官至太尉。

该诗2016年11月15日作于澳大利亚布里斯班。

咏诸葛亮

丞相名高万口传，
隆中对论显奇才。
出师一表忠魂现，
长使英雄困顿开。

诸葛亮（181—234 年），字孔明，号卧龙，东汉末期徐州琅琊阳都（今山东沂南县）人。三国时期蜀国丞相，杰出的政治家、军事家、发明家。

该诗 2016 年 11 月 15 日作于澳大利亚布里斯班。

咏魏征

文贞伴虎佐天庭，
敢逆龙鳞谏直言。
劝谕太宗行德政，
贞观之治始凛然。

魏征（580—643年），字玄成，唐巨鹿（今河北巨鹿县，又说河北晋州市或河北馆陶县）人。曾任谏议大夫、左光禄大夫，封郑国公，谥文贞，是中国历史上最负盛名的谏臣。着有《隋书》序论、《梁书》《陈书》《齐书》总论等。

该诗2016年11月15日作于澳大利亚布里斯班。

咏房玄龄

身居幕府多奇智，
襄助秦王扫恶英。
盛世贞观勤为相，
初唐人杰数玄龄。

房玄龄（579—648年），名乔，字玄龄，齐州临淄（今山东淄博市临淄区北）人，唐朝初年名相。

该诗2016年11月15日作于澳大利亚布里斯班。

咏李靖

唐皇卫佐才情盛，
外攘蛮夷镇八方。
出将书生安社稷，
皇朝武庙列牌坊。

李靖（571—649年），字药师，雍州三原（今陕西三原县东北）人。隋末唐初将领，文武兼备，被封卫国公，世称李卫公。

咏李勣

开疆拓土列干城，
襄助三朝有奇功。
扫荡四方平鞑虏，
封侯拜将备哀荣。

李勣（594—669 年），原名徐世勣，字懋功，曹州离狐（今山东东明县）人，唐朝初期名将，大破东突厥、高句丽，出将入相，功勋卓著，被朝廷倚为干城（卫国之将），累封为英国公。

咏狄仁杰

自古法曹多酷吏，
怀英行事竟如名。
查案洗冤秉正义，
肃贪勤政护天庭。

狄仁杰（630—700年），字怀英，号德英，唐代并州阳曲县（今山西太原市阳曲县）人。唐朝名相，历任汴州判佐、并州都督府法曹、大理丞、侍御史、度支郎中、宁州刺史、冬官侍郎、文昌右丞、豫州刺史、复州刺史、洛州司马。天授二年（公元691年），狄仁杰担任同凤阁鸾台平章事，成为宰相。神功元年（公元697年）再次拜相，任鸾台侍郎、同凤阁鸾台平章事、纳言、右肃政台御史大夫。

咏寇准

景德称相时局促，
犯颜谏政抗辽灾。
居官廉洁财金寡，
寇老无银起楼台。

寇准（961—1023年），字平仲，华州下邽（今陕西渭南）人。北宋宰相，为官清廉，时人多赞誉。

该诗2016年11月15日作于澳大利亚布里斯班。

咏王安石

诗书饱读文名重，
变法熙宁异议多。
自古能臣终善少，
是非成败任评说。

王安石（1021—1086年），字介甫，号半山，临川（今江西抚州市临川区）人。北宋宰相，著名思想家、政治家、文学家、改革家，有《王临川集》《临川集拾遗》等存世。

该诗2016年11月25日作于澳大利亚布里斯班。

咏岳飞

岳母刺身孝道恭，
丹心报国尽精忠。
出师未捷遭诬陷，
啼血英雄满地红。

岳飞（1103—1142年），字鹏举，宋朝相州汤阴县（今河南汤阴县）人。南宋抗金名将，位列南宋中兴四将之一。官至少保、枢密副使，封武昌郡开国公。因谋反罪被宋高宗赐死，宋孝宗为之平反，追谥武穆、追赠太师、追封鄂王，改谥忠武。

该诗2016年12月17日作于澳大利亚布里斯班。

咏张居正

救时宰相挽危銮，

治世多谋革弊端。

鞭法一条平水务，

考成功法吏道宽。

张居正（1525—1582年），字叔大，号太岳，又称张江陵，湖广江陵（今湖北荆州）人，祖籍安徽凤阳。明代政治改革家，曾推行一条鞭法与考成法，改革赋税与官吏升迁制度。

该诗2016年作11月25日于澳大利亚布里斯班。

咏徐达

朱明草创足艰难，
北战南征灭暴元。
开国功臣不自矜，
忠恭昭穆慰轩辕。

徐达（1332—1385年），字天德，濠州钟离（今安徽凤阳）人，明朝开国功臣。

咏戚继光

狂风怒号明銮毁，
半壁东南倭寇摧。
戚氏亲兵扶正柱，
荡平四海卷洋灰。

戚继光（1528—1588 年），安徽定远（一说山东蓬莱）人，字符敬，号南塘。明朝军事家，抗倭名将。

咏左宗棠

湖湘巨子真良将，
报国何曾怕断头。
收复新疆平内乱，
中兴社稷昭勋留。

左宗棠（1812—1885 年），字季高，朴存，湖南湘阴（今湖南湘阴县界头铺镇）人。晚清军事家、政治家、民族英雄。湘军统帅，洋务派重要代表人物。

丁·咏名士

咏仓颉

史官制字神仙泣，
叙事传经至圣师。
分野华夷从此始，
文华世代传承齐。

仓颉，相传为黄帝史官，创造汉字，俗称仓颉先师、仓颉圣人、制字先师、制字先圣、右史仓圣人或仓颉至圣。

该诗2016年12月14日作于澳大利亚布里斯班。

咏鲁班

能工鼻祖世称奇，
造物开工似鬼机。
教化初民明巧术，
勤修广厦庇鲁齐。

鲁班（公元前507—前444年），春秋时期鲁国人，姬姓，公输氏，名班，人称公输盘、公输般、班输，尊称公输子，又称鲁盘或者鲁般，惯称“鲁班”。春秋末叶著名工匠，被后世尊为中国工匠师祖。

该诗2016年12月15日作于澳大利亚布里斯班。

咏贾谊

贾子宏文气不凡，
至今吟诵尚新鲜。
秦皇政制精要处，
尽在幽微字句间。

贾谊（公元前 200—前 168 年），西汉时期洛阳（今河南洛阳东）人，人称贾生，当过长沙王太傅，故世称贾太傅、贾长沙。汉朝思想家、文学家。其政论文《过秦论》《论积贮疏》《治安策》等在历史上有很高地位。

该诗 2016 年 11 月 15 日作于澳大利亚布里斯班。

咏张骞

浩荡商旅出秦川，
天山西去结友邦。
开通丝路勋功重，
远古驼铃博望扬。

张骞（公元前164—前114年），字子文，西汉汉中郡成固（今陕西城固县）人，汉代旅行家、外交家、探险家。奉汉武帝之命，出使西域，两次被匈奴俘虏囚禁，历时13年逃回长安复命，从而成功开拓了丝绸之路。汉武帝封张骞为博望侯，封地博望（今河南南阳市方城县博望镇）。

该诗2016年11月15日作于澳大利亚布里斯班。

咏苏武

万里牧羊拒降胡，
丹心一片向皇都。
纵留尸骨埋蛮域，
万代英名应不辜。

苏武（公元前140—前60年），字子卿，汉族，杜陵（今陕西西安）人，代郡太守苏建之子。汉武帝刘彻天汉元年（公元前100年）奉命以中郎将出使匈奴，被扣留。匈奴欲使其投降，后将他迁到北海（今贝加尔湖）边牧羊。苏武留居匈奴19年，历尽艰辛，持节不屈。至始元六年（公元前81年），获释回汉。

该诗2016年11月15日作于澳大利亚布里斯班。

咏司马迁

忍辱修史足伤神，
将相王侯谱牒陈。
秉笔直言褒贬事，
高扬正道励后人。

司马迁（公元前145年或前135年—前90年），字子长，夏阳（今陕西韩城）人，西汉著名史学家和文学家。其著作《史记》被公认为中国史书典范，被后世尊称为“史迁”，又因曾任太史令，故人称太史公。

该诗2016年12月15日作于澳大利亚布里斯班。

咏王昭君

楚郡美人藏后殿，
和亲出塞单于王。
长安泪别边患解，
绝色奇功胜骑郎。

王昭君（约公元前52—前15年），名嫱，字昭君，乳名皓月，汉族人，西汉南郡秭归（今湖北宜昌市兴山县）人。汉元帝宫女。竟宁元年（公元前33年）正月，时为匈奴单于呼韩邪第三次朝汉自请为婿，王昭君奉命嫁与其为妻，号为宁胡阏氏。二人育有一子伊屠智伢师，后为匈奴右日逐王。呼韩邪单于去世后，昭君向汉廷上书求归，汉成帝敕令“从胡俗”，依游牧民族收继婚制，复嫁呼韩邪单于长子复株累单于，两人育有二女。

该诗2017年1月15日作于澳大利亚布里斯班。

咏蔡伦

竹简经书逾百斤，
书生负笈苦伤筋。
蔡侯造纸轻文簿，
化育文明世代欣。

蔡伦（61—121 年），字敬仲，东汉桂阳郡（今湖南耒阳市）人。汉明帝永平末年入宫给事，章和二年（公元 88 年）升为中常侍，又以位尊九卿之身兼任尚方令。蔡伦革新造纸工艺，制成“蔡侯纸”。蔡伦造纸术被列为中国古代“四大发明”之一。

该诗 2016 年作 12 月 15 日于澳大利亚布里斯班。

咏张衡

仰观宇宙察天文，
地动山摇早预闻。
器术奇技堪精巧，
天机嬗变料如神。

张衡（78—139年），字平子，南阳西鄂（今河南南阳市石桥镇）人，东汉士大夫、天文学家、地理学家、数学家、发明家及文学家，官至太史令、侍中、尚书。

该诗2016年12月15日作于澳大利亚布里斯班。

咏关羽

名山古刹藏祠庙，
祭拜关公烛火红。
只缘忠魂昭日月，
万民景仰此心同。

关羽（约160—220年），本字长生，后改字云长，河东郡解县（今山西运城）人，东汉末年名将，三国时期刘备忠臣部属。关羽去世后被神化，民间尊其为“关公”，又称美髯公。

该诗2016年12月15日作于澳大利亚布里斯班。

咏王羲之

笔走龙蛇行草王，
汪洋恣肆有真章。
兰亭序册成一绝，
百代书痴临帖忙。

王羲之（303—361年），字逸少，号澹斋，原籍琅琊临沂（今山东临沂），后迁居山阴（今浙江绍兴），东晋杰出书法家，有“书圣”之称。其书法《兰亭集序》被后人誉为“古今文墨至宝之冠”。

该诗2016年12月15日作于澳大利亚布里斯班。

咏陶渊明

出水芙蓉不染泥，
宦游四海难心怡。
江湖退隐留风骨，
采菊东篱细水溪。

陶渊明（352年或365年—427年），字符亮，又名潜，私谥“靖节”，世称靖节先生，浔阳柴桑（今江西九江）人。东晋末至南朝宋初期诗人、辞赋家，田园诗派创始人。

该诗2016年12月16日作于澳大利亚布里斯班。

咏孙思邈

药王名显非浪得，
救死扶伤道业深。
要剂千金皆验证，
行高似佛又如神。

孙思邈（541年或581年—682年），京兆华原（今陕西耀县）人，唐朝著名医师与道士，中国乃至世界历史上著名的医学家和药物学家，被誉为“药王”。

该诗2016年12月16日作于澳大利亚布里斯班。

咏玄奘

取经天竺历艰辛，
译典礼佛旷代稀。
普度众生传正理，
千秋功德世间奇。

玄奘（602—664 年），洛州缑氏（今河南洛阳偃师）人，俗家姓名陈祎，唐代著名高僧，法相宗创始人。唐太宗李世民贞观元年（公元 628 年），玄奘从长安出发西去印度佛教中心那烂陀寺学习佛教，贞观十九年（公元 645 年）返回长安，前后历时 17 年。回大唐后他撰写《大唐西域记》，翻译佛经 75 部，1335 卷，为佛教在中国传播做出巨大贡献，堪称中外文化交流千古一人。

咏吴道子

雅士归田勤作画，
寄情山水乐鱼虾。
吴生工笔传神处，
绝代风流画圣家。

吴道子（约680—759年），阳翟（今河南禹州）人。唐朝著名画家，画史尊称吴生，因其深信黄老道学，后改名为“道玄”，被后世尊称为“百代画圣”。

该诗2016年12月16日作于澳大利亚布里斯班。

咏李白

诗仙自有超凡气，
斗酒逸兴有遗篇。
豪放狂狷轻力士，
文坛骚客最称贤。

李白（701—762年），字太白，号青莲居士。祖籍陇西郡成纪县（今甘肃平凉市静宁县南），出生于蜀郡绵州昌隆县（今四川江油市青莲乡），一说生于西域碎叶（今吉尔吉斯斯坦托克马克）。唐代伟大的浪漫主义诗人，有“诗仙”之称。

该诗2016年12月16日作于澳大利亚布里斯班。

咏杜甫

盛唐诗圣有童真，
顾盼苍生咏叹多。
家国忧思千古痛，
悠悠绝唱撼天歌。

杜甫（712—770年），字子美，自号少陵野老、杜少陵、杜工部等，原籍湖北襄阳，后徙河南巩县。唐代现实主义诗人，世称“诗圣”、杜工部、杜拾遗。

咏白居易

皇都城阙居不易，
骚客长安应自知。
颂曲清音伤皓齿，
平塘月色映清池。

白居易（772—846年），字乐天，号香山居士，又号醉吟先生，祖籍山西太原，其曾祖父时迁居下邽（今陕西渭南），生于河南新郑。唐代诗人，和李白、杜甫并称唐代三大诗人。

该诗2016年12月16日作于澳大利亚布里斯班。

咏包拯

秉公执杖司公器，
断案平冤护法廉。
铁面无私铡驸马，
长歌孝肃照青天。

包拯（999—1062年），字希仁，庐州合肥（今安徽合肥肥东县）人。北宋名臣，官至枢密副使、朝散大夫、给事中、上轻车都尉，封东海郡开国侯，追赠礼部尚书，谥号“孝肃”。以清廉公正闻名于世，被后世称誉为“包青天”。

该诗2017年2月7日作于澳大利亚布里斯班。

咏司马光

少小砸缸救稚童，
称名元祐守成功。
编修资治通今鉴，
效法先贤谏列宗。

司马光（1019—1086 年），字君实，号迂叟，祖籍陕州夏县涑水乡（今山西夏县），生于光州光山（今河南信阳市光山县），世称涑水先生。北宋政治家、史学家、文学家。历仕仁宗、英宗、神宗、哲宗四朝，主持编纂编年体通史《资治通鉴》。

该诗 2017 年 2 月 7 日年作于澳大利亚布里斯班。

咏苏东坡

东坡绝智鬼神嫉，
书画琴棋名俱扬。
短调长诗慷慨曲，
人生写意最轩昂。

苏轼（1037—1101年），字子瞻，又字和仲，号东坡居士，世称苏东坡、苏仙。北宋眉州眉山（今四川眉山）人，祖籍栾城（今河北栾城县）。嘉佑二年进士，累官至端明殿学士兼翰林院侍读学士，礼部尚书。北宋文豪、书法家。

该诗2017年2月7日作于澳大利亚布里斯班。

咏李清照

悠悠华夏数千载，
墨客歌姬似雨星。
若论诗情最堪羡，
章丘词女领人英。

李清照（1084—1155年），济南章丘（今山东济南）人，号易安居士。北宋著名女词人，婉约词派代表人物。

该诗2016年12月17日作于澳大利亚布里斯班。

咏陆游

放翁诗作万千篇，
风月情歌韵味深。
边塞低吟催泪下，
豪情激越动凡尘。

陆游（1125—1210年），字务观，号放翁，越州山阴（今浙江绍兴）人。南宋文学家、史学家、诗人。自言“六十年间万首诗”，有《剑南诗稿》八十五卷、《渭南文集》五十卷等存世，存诗9000余首，实为两宋留存诗作最多的诗人。

该诗2016年12月17日作于澳大利亚布里斯班。

咏朱熹

传承孔孟修理学，
独步江湖数百秋。
崇信天条人欲绝，
经书晦涩义难求。

朱熹（1130—1200年），小名沋郎，小字季延，字元晦，一字仲晦，斋号晦庵、考亭，晚称晦翁，又称紫阳先生、紫阳夫子、沧州病叟、云谷老人，谥文，又称朱文公。祖籍徽州婺源（今江西婺源），生于南剑州尤溪（今福建尤溪县）。南宋理学家，程朱理学集大成者，尊称朱子。

该诗2016年12月17日作于澳大利亚布里斯班。

咏文天祥

惊雷闪爆金銮毁，
幼主偏安楚越坛。
中原鏖战成憾事，
义献丹心染河山。

文天祥（1236—1283 年），初名云孙，字宋瑞，一字履善，自号文山、浮休道人，吉州庐陵（今江西吉安市青原区富田镇）人。南宋政治家、文学家、抗元名将。

该诗 2016 年 12 月 17 日作于澳大利亚布里斯班。

咏陆秀夫

宋廷气数崖山绝，
无力回天究可殇。
蹈海君臣天下泣，
悲歌万古慨而慷。

陆秀夫（1236—1279 年），字君实，一字宴翁，别号东江，楚州盐城长建里（今江苏盐城市建湖县建阳镇）人。南宋左丞相。南宋与元军崖山海战失败后，为保全南宋王朝的尊严和气节，背负年仅 8 岁的皇帝赵昺滔海殉国。

该诗作于 2017 年 5 月 8 日。

咏罗贯中

三国史诗行纸上，
生徒旦丑俱登场。
曹刘瑜亮多光彩，
万古英雄有孙郎。

罗贯中（约1330—1400年），名本，字贯中，号湖海散人，并州太原府（今山西太原）人。明代小说家、戏曲家，小说《三国演义》的作者。

该诗2016年12月17日作于澳大利亚布里斯班。

咏王守仁

仙人开悟玄机秘，
投笔从戎建伟功。
退隐龙场修文业，
心经释解道儒通。

王守仁（1472—1529 年），幼名云，字伯安，号阳明子，谥文成，人称王阳明，浙江绍兴府余姚县（今宁波余姚）人。明代著名思想家、哲学家、书法家、军事家、教育家，官至南京兵部尚书、都察院左都御史，因平定宸濠之乱等军功而封爵新建伯，隆庆时追赠侯爵。

该诗 2016 年 12 月 17 日作于澳大利亚布里斯班。

咏海瑞

蛮荒僻壤生廉吏，
浊水荷花别样鲜。
廷谏秉书亲肃佞，
留存清誉励良贤。

海瑞（1514—1587年），字汝贤，号刚峰，谥忠介，琼州府琼山县（今海南海口）人。明朝廉吏，曾任广东承宣布政使司，晚年升南京右都御史。

该诗2017年2月8日作于澳大利亚布里斯班。

咏李时珍

华佗再世时珍出，
踏遍千山觅药精。
本草纲科成册日，
医经奥秘验知明。

李时珍（1518—1593年），字东璧，晚年自号濒湖山人，湖北蕲春县蕲州镇人。明朝医学家、药学家和博物学家，与扁鹊、华佗、张仲景并称中国古代“四大名医”。其所著《本草纲目》对后世医学和博物学研究影响深远。

该诗2017年2月8日作于澳大利亚布里斯班。

咏顾炎武

日知录里写春秋，
训诂经书夙夜勤。
耿介儒生经世苦，
南明逸志更艰辛。

顾炎武（1613—1682年），乳名藩汉，别名继坤、圭年，字忠清、宁人，亦自署蒋山佣；明亡后，改名炎武，字宁人，亦自署蒋山佣，因故居旁有亭林湖，学者尊为亭林先生。明朝南直隶苏州府昆山（今江苏昆山）千灯镇人。明末清初思想家、经学家，与黄宗羲、王夫之并称"明末清初三大儒""清初三先生"或"明末清初三大思想家"。

该诗2017年2月8日作于澳大利亚布里斯班。

咏曹雪芹

石头记里风流乱，
唤醒红楼梦中人。
大观园中荣华景，
流水落花化作尘。

曹雪芹（约 1715—1763 年），名霑，字梦阮，号雪芹、芹圃、芹溪。祖籍辽宁铁岭，生于江宁（今江苏南京），内务府正白旗旗鼓佐领下人。清朝小说家、诗人、画家，长篇小说《红楼梦》的作者。

该诗 2017 年 2 月 8 日作于澳大利亚布里斯班。

咏林则徐

虎门护国销鸦片，
抗击洋夷不世功。
可恨朝中多佞骨，
蒙羞贬嫡戍边翁。

林则徐（1785—1850年），字符抚，又字少穆、石麟，晚号俟村老人、俟村退叟、七十二峰退叟、瓶泉居士、栎社散人。福州府侯官县（今福建福州）人，晚清政治家、思想家和诗人。曾任湖广总督、陕甘总督和云贵总督，两次受命钦差大臣；因严禁鸦片及抵抗外国列强侵略，有“民族英雄”之称誉。

该诗2017年2月8日作于澳大利亚布里斯班。

咏康有为

公车上表拥光绪，
百日维新转瞬空。
醉务保皇添狗尾，
伪经训诂见真功。

康有为（1858—1927 年），原名祖诒，字广厦，号长素，又号明夷、更甡、西樵山人、游存叟、天游化人，广东南海县（今佛山市）丹灶苏村人，人称康南海。晚清时期政治家、教育家，戊戌变法领袖。

该诗 2017 年 2 月 8 日作于澳大利亚布里斯班。

咏梁启超

天育英才新会子，
诗书歌赋百样精。
学富五车修子集，
中西独步冠群英。

梁启超（1873—1929年），字卓如、任甫，号任公，别号饮冰室主人，广东新会县（今江门市新会区）潮居都茶坑乡人，人称梁新会。清末民初思想家、政治家、教育家、史学家、文学家。

该诗2017年2月8日作于澳大利亚布里斯班。

咏孙中山

同盟会士起风雷，
揭竿武昌撼旧廷。
北伐南征讨军阀，
东奔西走救黎民。
千年帝制随风散，
亿兆生民乘势兴。
埋骨金陵匡赤县，
江山永固慰英灵。

孙中山（1866—1925年），名文，广东香山县（今中山市）翠亨村人。中国革命伟大先行者，中华民国缔造者，领导中国人民推翻清王朝，彻底结束两千多年封建帝制，建立共和国体制，对中华民族居功至伟。

该诗作于2017年10月16日。

卷三

列国游记

出使俄罗斯有感

辛卯夏至赴邻邦，
别样豪情满胸膛。
自古使臣多壮志，
从来骚客少中堂。
相如说秦还和璧，
三宝扬帆下大洋。
纵议捭阖家国事，
输赢尽在笑谈间。

2011 年夏至时节，作为中共中央组织部和中国外交部联合公选的第三批高级外交官，本人被派遣到中国驻俄罗斯大使馆担任公使，有感而发。

参观莫斯科大学有感

学府尖楼凌碧空，
恢宏气势地标台。
先贤雕像昂头立，
帝国遗风扑面来。
校苑代有翘楚出，
惯看亚欧剧情开。
当年领袖豪言在，
成败兴衰赖将才。

莫斯科国立罗蒙诺索夫大学地处莫斯科东南郊。大学主楼是莫斯科六大哥特式建筑之一，极其巍峨壮观。大楼前屹立一座莫大创立者罗蒙诺索夫的高大铜像，大楼背后的花园树立两排著名学者的雕塑胸像。20世纪50年代毛泽东主席访问苏联时，就在该校的礼堂里接见中国留学生，发表了著名讲话。中国驻俄罗斯大使馆与之毗邻，本人常驻期间常漫步校园，有感而作。

拜谒托尔斯泰庄园

托氏庄园雨雪天，
白楼掩映桦林间。
爵房马舍今犹在，
古树寒溪竟自喧。
无字荒坟陈往事，
如椽巨笔著华篇。
时人误解心憔悴，
诀别凡尘不老仙。

2012年3月参观托尔斯泰庄园，但见托尔斯泰故居保存完好，仿如主人尚在。托尔斯泰墓地藏在庄园深处的一片桦林中，墓冢无碑文，如同中国乡下的无名墓一般，在雪地里显得孤独寂寞，四周只听见溪水冰雪融化声，令人唏嘘不已。

布里斯班即景

丙申年六月

喜鹊凤凰枝头闹，
鸳鸯野渡自逍遥。
柳杨隔岸掩红墅，
门泊游艇待起锚。

2013年7月30日赴澳大利亚布里斯班总领馆任总领事。居所在布里斯班河岸边，前后院有花园环绕。岸边有一棵凤凰树，花开时节，偌大树冠一片火红灿烂，极壮观。河边有游艇码头，常年有游艇出出进进。

晨起

晨起鸟低哝，
清风拂院中。
河边花草盛，
天际彩霞红。
心淡闲情涌，
神怡逸致通。
返身居静舍，
飞笔更从容。

2016年9月30日作于澳大利亚布里斯班。

杂咏

天边豪雨至，
江上绿波开。
雷电惊飞燕，
狂风卷云霾。
百花皆落寂，
万籁俱声衰。
俗事全抛却，
开卷旧书斋。

2016 年 1 月 26 日周六暴雨倾盆而下，闲居布里斯班总领馆官邸，披阅《素书》。

圣乔治港湾即景二首

胜日仙游乔治湾，
芳丛簇岸好风光。
无边碧海连天幕，
排浪声喧醉客船。

蓝天碧海白云闲，
半岛人家隐雾岚。
黛色山峦如象鼻，
港湾静泊远归帆。

圣乔治是格林纳达首都，吾公务之余常去港湾散步，颇有感触。

圣乔治蓝色半岛赋得

垂务使臣万丈痴，
洋都绿岛荡心驰。
波光海韵迷人眼，
鼓乐笙歌化境诗。
楼外轻风撩碧椰，
园中火树映清池。
五洲游遍无所恋，
唯愿旧邦圆梦时。

圣乔治大学远望

龙盘半岛向西方，
一片红楼映眼帘。
绝壁惊涛翻巨浪，
凤凰花簇艳阳天。

圣乔治大学是一所由美国在格林纳达设立的私立大学，医学教育闻名世界。校园内有五十栋大楼，清一色为橙色瓦斜顶、白色墙面。整个校区就在一个微小半岛上，三面环海，景色优美。

漫步巴巴多斯沙滩

瀚海无风铺碧浪，
斜阳映照闪粼光。
白帆点点闲游弋，
逐船飞鸥嬉戏忙。

常驻格林纳达期间，周末常去海边散步，此景此情令人无限遐想，有感而记之。

羁旅异国杂咏之一

浩瀚汪洋一线天，
淡云剪影数帆悬。
少年冲浪如欢舞，
海客逍遥自悠闲。

戊戌年六月十三至十四日应邀访问加勒比海向风群岛南端卡里亚库岛。登高望远，但见四周岛礁星罗棋布，宛若陀螺横亘于汪洋之中。穿行海边街巷，人烟稀少，安宁静谧，唯闻阵阵涛声，仿如桃源。

羁旅异国杂咏之二

炎炎暑夜难入寝，
独坐倾听天籁音。
夜半星稀故国远，
举杯邀月念亲人。

访卡里亚库岛

向风群岛链珠多，
碧海星罗似陀螺。
世外桃源今复见，
浮生掠影莫蹉跎。

咏海鸥二首

朝饮露水亮清音，
海上翩翻逐客舟。
觅食沙滩闲独步，
晚栖红树度春秋。

放飞大海欲何求？
腾跃流连竞自由。
展翅凌空随意趣，
俯仰四顾信天游。

菩萨蛮·中亚杂忆十首

哈萨克斯坦阿拉木图

持节衔命过天山，
携手哈人护边关。
陈情游说苦，
把酒论今古。
谨记班超语，
安西应无虞。
睦邻友朋广，
共赢勿相忘。

2001 年“9·11”事件后，余奉命调入公安部，主司反恐事务，得以遍访中亚诸邦，筹谋打击恐怖主义、分裂主义和极端主义。如今出使平安富裕之澳洲，安居之余，闲来追记。该十首词作于 2017 年 1 月 13 日。2017 年 12 月 30 日，微信公众号“一知”以电子版形式将该十首菩萨蛮予以发表。

哈萨克斯坦阿斯塔纳

飞沙走石高寒处，
荒原狂雪常光顾。
新主厌南胡，
迁移新北都。
功成赖众志，
筑地聚人气。
十载不停休，
沙原变绿洲。

乌兹别克斯坦塔什干

往来塔市穿西口，
斡旋列国除肥寇。
高敬五星旗，
巧陈捕虎机。
倡行丝路策，
欧亚披颜色。
秉笔献锦囊，
高歌走八方。

乌兹别克斯坦撒马尔罕

傲视中亚豪言在，
撒马尔罕经史载。
观天遗产墩，
古风处处存。
开凿坎儿井，
采邑织布屏。
莫笑塞外郎，
且将刀剑藏。

费尔干纳盆地

高原天府粮仓地，
天山西去伤心极。
杂裔聚居多，
边疆无陀螺。
教民纷扰盛，
文武频相争。
但愿有青天，
靖安保井田。

伊萨克湖

游人尽道天池好，
哪知热海湖更俏。
横亘数山间，
苍茫荒野边。
波平湖水静，
缥缈如仙境。
坐看云卷舒，
岸边闻鹧鸪。

吉尔吉斯斯坦比什凯克

国贫力寡民不痴，
至今传颂伏龙芝。
唐代靖边府，
后世汗国都。
冷杉山地植，
街巷密如织。
媚娘美如云，
悠游花涧春。

塔吉克斯坦

高原异国藏深谷，
波斯故土留遗族。
山间筑城池，
府都花语迟。
折冲樽俎地，
煮豆釜中泣。
铸剑变耕犁，
安居应可期。

苦盏

残墙断瓦环城绕，
桑田沧海谁堪道。
伫立老城池，
犹闻战马嘶。
蒙军铁骑过，
四处血光祸。
生众足堪怜，
哭墙泪迹连。

精忠报国

东奔西走千般苦，
纵横捭阖无旁骛。
校阅点兵场，
筹谋勤戍边。
苦思寻国策，
挥笔拟规则。
报国尽精忠，
丹青载业功。

浣溪沙

伦敦追忆

帝国遗风四处留，
城隍楼宇阅春秋。
泰晤河畔掩风流。

天宝物华惊远客，
钟声悠远送晚舟。
浮光倥偬听闲愁。

1994年秋，赴伦敦政治经济学院研修国际法，闲暇之余常独自游览，颇多感悟。

浣溪沙

巴黎追忆

塞纳河边酒巷拥，
凌云铁塔傲苍穹。
协和碑刻慕英雄。

古堡铜雕随处见，
先贤祠里列勋功。
风流绝色数皇宫。

1995 年春，伦敦访学期间游巴黎。

浣溪沙

罗马斗兽场游记

斗兽圆场气势宏，
残垣断壁旧时风。
东西罗马韵味浓。

遥想当年惨烈事，
犹闻腥血堵心胸。
抚今追昔叹不穷。

1995年秋，应邀赴意大利西西里岛出席国际刑法学术会议，途径罗马，抽空游斗兽场，不胜唏嘘。

浣溪沙

访埃及金字塔

人面狮身卧废墟，
目光如炬慑鬼蠡。
夕阳残照更迷离。

金字塔中埋法老，
万千神咒复谁知。
黄尘漠漠令人痴。

2005年出访埃及开罗，考察空余赴金字塔参观，眼见数千年文物横亘沙漠中，极为震撼。

浣溪沙

游泰国曼谷皇宫

金碧皇宫映夕阳，
琉璃红瓦炫辉光。
雕栏玉砌泛鹅黄。

禁地开张迎俗客，
千年佛国美名扬。
莫名惊叹旧暹邦。

2017年4月底，从澳大利亚离任回国，途径曼谷，匆匆赴皇宫一游，浮光掠影而已。

浣溪沙

访问班德堡

丙申年九月十一日

沃野平川物产稠，
无边芳草绿幽幽。
偶逢袋鼠慢周游。

古渡归帆迎远客，
江渚野鹭白沙洲。
浓妆夷妇赛龙舟。

念奴娇

布里斯班抒怀

布河九曲，
向东去，
岸畔锦团花簇。
袋鼠角旁，
酒肆外，
舟楫风帆争渡。
榈树飘摇，
圆轮转动，
惊起群鸥鹭。
风情千种，
惹得游客生妒。

《中华诗词》2017年第12期刊发，收入本书时个别字词有改动。

遥想库克当初，
御前衔密令，
探险开路。
万里征程，
弹指间，
圈占无垠疆土。
叹惜明皇，
却焚船禁海，
醉心夷务。
如烟往事，
不堪哽咽追诉。

沁园春

黄金海岸

百里金沙，
潋滟粼光，
碧浪海天。
看港门湾畔，
帆樯椰影。
高楼广厦，
青黛红墙。
绿树青葱，
羞花灿烂，
画意诗情自在妍。
抬头望，
见欢飞鹰鹭，
搏击云天。

2015 年 5 月应黄金海岸市长汤姆·泰德之邀，出席黄金海岸中国牌坊设立仪式。2017 年 4 月离任前辞行，书赠泰德先生。

饱览土著风情，
令万国游人痴欲癫。
笑俊男靓女，
传情酒栈。
海夫船客，
放浪汪洋。
酒幌飘扬，
霓虹闪烁，
梦幻逍遥恍若仙。
闲情在，
便修心养性，
莫负春光。

醉垂鞭

泛舟黄金海岸河

水阔碧波平，
连天树，
沙汀洲。
笑语话年华，
机声惊鹭鸥。

元宵初月满，
花灯炫，
映红楼。
幻影入眼帘，
清辉满银舟。

2016年11月泛舟黄金海岸河，记之。

望江南

大堡礁

大堡礁，
绝色应深探。
百类珊瑚连万里，
千重雨林冲九霄。
天物竞斑斓。

水龙吟

应邓普希市长之邀访班德堡

东昆涌动春潮，
绿原广袤连天接。
纵横阡陌，
田园如画，
花缠亭榭。
霞蔚云蒸，
渔歌悠越，
沙鸥声烈。
看白帆驰骋，
神清意惬。
心馨动，
魂消劫。

不负江川绝色，
踏歌行，
风清时节。
知州厚望，
踌躇满志，
情真意切。
我欲随銮，
八方撮合，
献花招蝶。
愿澳华，
莫误双赢际遇，
中兴鸿业。

元朗归
游墨尔本大洋路十二门徒

兀立海边指苍穹，
刀削似剑锋。
绝壁雄浑如天目，
惊涛震天冲。

鬼神劈，
神功造，
门徒列阵容。
沧海桑田留圣迹，
何人解密踪。

减字木兰花

闲居澳洲偶得

晨曦霭霭，
燕雀欢娱官邸外。
兰草青青，
春在枝头蓝紫楹。
闲庭垂钓，
清气沁心歌曼妙。
雾散江宽，
侧耳倾听天籁喧。

2016年10月22日晨起，风清气爽，有感而作。

临江仙

踏青

紫锦云裳笼布村，
满城艳若仙境。
如茵碧野铺落英。
熏风本无语，
催发满园馨。

岁月青葱真静好，
书童不误踏青。
钗头粉黛倩如嫔。
闲来随物喜，
惬意听江声。

2013年夏日履新，初见布里斯班满城蓝花楹盛开，如紫绵云裳，美轮美奂。雨后，落英洒满草地，犹如蓝缎铺地。游人流连忘返，远望竟如仙境般缥缈，妙不可言哉。

少年游

布里斯班晨起偶得

朝晖穿云赤霞开，
河岸染新彩。
花红草绿，
风轻江碧，
春燕冲天飞。

门前喜鹊欢情闹，
蝴蝶采花来。
沐露听涛，
抚今思昔，
禅意已盈怀。

2016 年 4 月 21 日作。

天净沙

昆士兰大学校园偶得

荷塘野草鸳鸯，
古桐棕树秋棠，
绿苑晨曦殿堂。
微风荡漾，
读书郎课习忙。

风入松

漫步昆士兰大学校园

游春信步逛学园，
俯首漫思量。
绿草如茵楹花盛，
万亩坊，
树舞翩跹。
古色城堡别样，
新潮馆舍惊艳。

触景生情忆旧年，
悔负少年狂。
曾经立志匡天下，
别书斋，
纵横四方。
向学已成往事，
肯将再付韶光？

2013年7月派驻澳大利亚布里斯班，昆士兰大学校长郝彼得（Peter Hoj）聘敝人为客座教授。官邸比邻昆士兰大学府，故常漫步校园。

永遇乐

游新西兰奥克兰

丙申年十月

南极洲旁，
孤悬绿岛，
空灵幽静。
霸主亲征，
经年苦斗，
毛利方安命。
烽烟渐灭，
恩仇泯息，
赢得八方绥靖。
舒时困，
蛮荒僻壤，
蝶化桃源胜境。

番酋部落，
和衷共济，
物我超然淡定。
拓土开疆，
垦荒置业，
协力扛金鼎。
青山不老，
新清风物，
到处繁花如锦。
思先哲，
孤丘立柱，
刻碑应景。

卜算子

咏蓝花楹

丙申年丁酉月十六日

原野巷陌边，
姹紫蕊花蔻。
领秀群芳独自欢，
喜胜梅花瘦。

有意报春来，
笑傲繁花斗。
待到蓝英撒满园，
绝色销魂透。

虞美人

格林纳达圣乔治即景

港湾烟雨随风散，
彩练冲霄汉。
远山青黛雾蒙蒙，
绿岛风情万种入眼笼。

枇杷高椰翩跹舞，
近岸芳丛护。
韶华无限又春风，
更喜花开时节夕阳红。

2017 年 2 月 24 日，全国人大常委会批准，国家主席习近平任命余为驻格林纳达特命全权大使。2017 年 6 月 12 日赴任。官邸就在格林纳达首都圣乔治西南蓝色海湾。

开元乐

之一

微风吹皱清池，
碧海蓝湾旖旎。
山黛行云野鹭，
游艇冲浪浮移。

开元乐

之二

晨晖彩映府邸，
绿园翠树多姿。
门泊白艇点点，
波光潋滟迷离。

天净沙

加勒比圣乔治海湾

弧湾绿岛风帆，
斜阳细浪斑斓，
水色山光雾岚。
闲云变幻，
海鸥欢叫翩翻。

浣溪沙

漫步大安斯

金色长滩映海天，
波光山影剪彩帘。
红房掩映绿林间。

远客徜徉鸥鹭闹，
熏风解愠漫流连。
沐期欢度自悠闲。

大安斯海滩是格林纳达著名海滩。2017 年 9 月 19 日作。

南乡子

游圣乔治古堡

喜莅古城头，
水色山光一望收。
湾港白桅撑画轴，
仙游，
南美风情醉酒楼。

抬眼望飞鸥，
往事如烟注上头。
莫道岛礁无绝色，
休休，
应晓深洋有海流。

17世纪法国殖民格林纳达，始建斯堡。1983年格林纳达发生政变，右翼势力枪杀该国“新宝石运动”社会主义者毕晓普总理于此。如今为警察总部，亦为旅游景点，属全城制高点。登临远眺，可一览首都风光。

忆王孙

特立尼达红树林湾秋行

碧树连荫秋色华，
海天浩渺映晚霞。
红鹮对对归巢去。
桨声里，
一叶扁舟一渔家。

忆王孙

哈瓦那海湾

街灯幻影古城西，
万里长空云脚低。
车水马龙闹海堤。
月迷离，
倒映碧波尚依稀。

鹊踏枝

游古巴巴拉德罗

鳞次洋房藏半岛。
错落娇羞，
别样风情妒。
碧海蓝天淼无际，
平沙细浪黄金路。

戏水欢歌鸥与鹭。
迷彩风帆，
竟日游人渡。
岸畔酒吧听歌舞。
绿苑清池消酷暑。

巴拉德罗乃古巴最富盛名的旅游胜地，坐落在伊卡克斯半岛，介于卡尔德纳斯湾和佛罗里达海峡之间，在哈瓦那以东140公里。半岛最宽处只有1.2公里宽。在半岛东北尽头有一大片原始森林和20多公里长的海滩。

浪淘沙

哈瓦那古堡

夕照洒高墙，
古色幽香，
嵯峨石堡似金汤。
圆塔明灯航海路，
汽笛铿锵。

俯首忆当年，
海盗逞强，
殖民掠地霸西疆。
岂料遗存成景点，
锈蚀刀枪。

汉宫春

游古巴感怀

岛国风清，
碧海连天际，
彩练当空。
琼楼宫阙巍峨，
气度雍容。
如网巷陌，
古风存，
韵味无穷。
人如织，
南腔北调，
寻芳揽胜匆匆。

戊戌年晚秋游古巴哈瓦那，但见老城楼宇巍峨壮观，风光无限，只可惜年久失修，感慨万千。如今古巴选出新总统，正探索改革创新之道，可谓任重而道远。

红色风潮远去，
正晚秋时节，
寥落芳丛。
初心依旧鲜红，
急破迷踪。
新骑御驾，
气如虹，
且待东风。
探新路，
旌旗再展，
重擂暮鼓晨钟。

汉宫春

重游伦敦

细雨轻寒，
近卫演畿礼，
古束戎装。
斜阳残照宫墙，
冷冽风霜。
松杉凛立，
遇冬寒，
败叶枯黄。
凝眸望，
城隍依旧，
留陈往昔辉煌。

---

23 年前吾访学伦敦政治经济学院，偶尔周游伦敦名胜，浮光掠影，匆匆而过。丁酉年冬至日故地重游，惊觉岁月如梭，不胜唏嘘。

帝国遗风远去，
唯书香文庙，
旧貌华冠。
廿三岁月悠悠，
故纸堆黄。
几多惆怅，
望黉楼，
愧负春光。
长太息，
流年似水，
无限彷徨。

卷四

抒怀咏志篇

甲·抒怀明志

无题

报晓雄鸡惊梦早，
寒窗面壁苦犹甜。
草巢岂愿消长昼，
桑梓何能度永年。
漫卷诗书学李杜，
修行道统尚先贤。
王侯将相本无种，
败寇成王也心恬。

1977年7月自广东东方县红江中学毕业，回乡务农，夜半闲居故居小阁楼时作。

题李花

遍野漫山乐为家，
茫茫一片赛霜花。
寻常不见娇柔态，
只待春时竟群华。

1979 年 9 月入学西南政法学院，1980 年 4 月郊游歌乐山口作。

赠高级外交官培训班同侪

辛卯年春作于京华

旧梦依稀犹未央，
庚寅赶考夤夜寒。
黉楼面壁嫌更短，
礼部温书喜日长。
社稷安危赤心在，
家邦重托铁肩扛。
张骞出塞堪大任，
相见勿忘示华章。

乙酉年元日

日出东方万象新，
春花草木正葱茏。
民情顺畅人心暖，
国运昌隆德政通。
革故鼎新除旧弊，
安邦济世耀先宗。
且凭玉帝神功力，
玉宇澄清拜巨龙。

出使澳洲答客问

丙申中秋夜

出使他邦为国谋，
沾霜沐露著春秋。
铁肩扛担无时歇，
鞍马劳神未几休。
美酒咖啡秋色暖，
河山湖海寸心忧。
黄公素策相如胆，
效法苏秦戏冠猴。

澳洲反季寄语远人

故国初逢白露天，
澳洲反季正鸣蝉。
春花烂漫随风舞，
好雨轻飘润物酣。
持节宦游途道远，
闭门修业烛光寒。
身居异国多孤寂，
泛楫江湖也怡然。

京华时值2016年秋季，北半球和南半球季节相反，布里斯班则进入春季。

出使异邦感怀

远渡重洋复何求？
兼程风雨几春秋。
许身报国无旁骛，
竭智殚精有愚猷。
效法贾生陈策论，
修为鬼谷觅良谋。
纵然怀璧无人识，
一片丹心谢国酬。

出访口占

衔命奔波驿路长，
酸甜苦辣俱品尝。
大风歌罢昂天笑，
四海为家也无妨。

赠弟子

劝君修为须趁早，
辜负春光悔恨难。
坐井观天多愚识，
凌空揽胜少诳言。
平生祸福相生伴，
旦夕阴阳次第迁。
应悟人生常苦短，
功成业就始悠然。

临别澳洲与诸君共勉

乙酉年初夏

远渡重洋意气昂，
千难万险敢担当。
褴褛筚路披荆棘，
沐雨栉风辟大荒。
丝路商途吟晓曲，
异邦旷野掘金砖。
人生如梦征途苦，
留取丹心一瓣香。

2017年4月17日即将从澳大利亚离任，派驻昆士兰中资企业商会举行欢送会，听闻诸位同仁恳切言辞，颇多感慨，遂即席赋诗，寄语祝福。

清明夜思

海韵椰风似故乡，
清明梦断泪涟涟。
云游孤雁可捎信？
最是伤情四月天。

2018 年清明节在格林纳达忆及去年清明前英年早逝之舍弟，又虑及十年前汶川大地震及三十二年前唐山大地震，思绪万千，夜不能寐，填写三阕祭奠诗。现选录其一于此。

清明忆母

一年一度清明至，
夜坐阳台忆母慈。
往事如烟随风去，
唯有春晖寸心知。
遥想弱冠当年事，
音容笑貌尚依稀。

少小失怙伤悲戚，
只缘父兄遭倭弑。
乳牙未尽劳作苦，
豆蔻年华少物饰。
历乱经年堪薄命，
寒衣素食果腹饥。

母亲于2003年8月去世，享年74岁。如今我远在异国他乡工作，清明节几无机会回家乡祭奠老母，只能在心里默默祈祷，故而作此长诗，追忆母亲，寄托哀思。

待字闺中手眼快，
礼经女红竟稔知。
品性高洁慧心足，
过耳不忘智识齐。
慈颜惠誉乡民赞，
乐善好施古风仪。

膝下阿豪常问礼，
耳提面命母心怡。
忠臣良将喜言及，
仁义纲常更常提。
望子成龙勤督学，
敦促面壁学新知。

负笈渝州多牵挂，
捎信勤问可暖衣。
素闻巴蜀瘴疠盛，
又恐羸弱遭人欺。
阿妹常闻长短吁，

始知慈母念儿痴。

桑梓别离数千里，
京华圆梦未敢迟。
桃李芬芳西席暖，
反哺孝悌不值提。
每岁探亲凝眸视，
轻言细语伤别离。
最是欢愉宽心处，
将雏挈妇拜堂时。

岂料癸未灾星现，
阳寿命符揭终期。
处暑连天降豪雨，
泪崩哀诉无尽期。
天人永隔从兹去，
唯有梦中相见时。

每逢寒食揪心苦，

黄泉路上可安祺？
去国万里难祭祀，
泪眼迷离题小诗。
尝记往昔叮咛语，
告慰英灵不迟疑。
冥冥教谕指前路，
建功立业润苗裔。

海南八所鱼鳞洲即景

峭壁红岩映晚霞，
飘渺薄雾绕人家。
冲天白塔指前路，
绝处盛开野草花。

游海南大小洞天

临风玉树舞翩跹，
龟石沉浮碧浪翻。
近岸洞天藏绝色，
鳌神镇守海之南。

秋日遐想三首

叶落深秋不足伤，
花开花谢也平常。
青牛出谷悠然去，
一绝红尘万古扬。

窗外秋风渐渐凉，
园丁面圃自难欢。
温棚盆景虽繁盛，
移种寒天不经霜。

嫦娥奔月令人怜，
神话虚妄说梦乡。
横渡蛮游终力寡，
航行万里赖帆船。

海湾咏怀

游艇数十艘，
山墅百来间。
翠林千般好，
万紫映云天。

贺新郎

入西南政法学院卅载志贺

卅载转瞬逝。
蓦回首，
杏坛往事，
恍若昨日。
渝州歌乐秋雾重，
陋室青苔满地。
不曾误，
鸿鹄壮志。
犹念黉楼面壁苦，
炎日烈，
忘情穷妙理。

己未年秋，我等诸生云集歌乐山麓求学。时西南政法学院复校伊始，百业待兴。衮衮诸公借此砥砺报国之气，锤炼建功之艺，方有今日英才辈出之功。适逢卅年庆典，填《贺新郎》一阕，以兹祝贺。

本词曾收录于《法海拾贝：赵永琛法学文集》，2009年群众出版社出版。

梦寥廓，
践行急。

如歌岁月成追忆。
看今朝，
河清海晏，
雄风再起。
紫气东来满乾坤，
江山更见迤逦。
昂天问，
青史何纪？
建功机缘莫辜负，
待来日，
煮酒赋新曲。
闻捷报，
听笙笛。

贺新郎

博鳌亚洲论坛

琼海边陲处。
椰风清，
花团锦簇，
燕飞鸥舞。
河海相间飘玉带，
岸树芭蕉汀渚。
波浪阔，
风帆正举。
又见南来无数雁，
过田畴，
列阵翩跹去。
可暂驻，
寄心语？

万泉奔涌东流去。
博鳌城，
潮涨潮落，
大名远布。
冠盖如云相聚首，
玉兔金狮共舞。
自慷慨，
褒贬时务。
纬地经天陈策论，
定航标，
指点迷津路。
凝共识，
同舟渡。

宝鼎现

读史感言

洪荒亘古，
五帝兴夏，
初民开泰。
文脉盛，
春秋诸子，
宏论滔滔传万代。
继绝学，
抚教开民智，
孔孟文功冠盖。
祖龙出，
怒卷残云，
一统江湖千载。

甲午年腊月作于澳大利亚布里斯班。原词 2015 年 3 月 15 日在人民网发表，本版略做个别修改。

汉简唐韵真经在，
融合了，
蛮族鞑寨。

叹古往，
几多豪杰，
仗剑高歌自慷慨。
莫自厌，
诳言忘祖，
醉看宫廷粉黛。
察玉宇，
看东来紫气，
龙虎重归泰岱。
轩辕圣德可追，
承命顺天时不待。
问诸君知否？
旧邦维新莫怠。
担道义，
躬行践履，

负重也堪载。
划巨桨，
激荡潮流，
梦想成真可待。

沁园春

江山多娇

丙申九月

万里江山，
峻岭巍峨，
雪域苍茫。
望楚吴大地，
芬芳锦绣。
黄河故道，
地老天荒。
五岳三江，
六盘九寨，
故国焕然展艳光。

回国休假时常畅游神州故国。2016 年 10 月 1 日国庆节，闲来读史，兴致颇高，乐而歌之。

昂天笑，
看五洲四海，
冠绝无双。

女娲盘古开天，
叹五帝神功拓洪荒。
统八方教化，
融蛮驭狄。
五经传道，
泣鬼惊天。
周公吐哺，
群贤毕至，
文脉相承千古传。
览青史，
论文功武治，
难忘秦唐。

沁园春

忆癸亥年登峨眉山

晨雾氤氲，
霞蔚云蒸，
日浴金霄。
望层峦叠嶂，
虚幻缥缈。
金顶巍峨，
古刹烟绕。
柏树森森，
青松不老，
喜见寒梅竟风骚。
料峭日，
正霏霏雨雪，
绚丽多娇。

山河锦绣堪骄，
恰蜀国潜龙正出郊。
赖群雄翘楚，
劳苦功高。
匡扶社稷，
勇立春潮。
革故维新，
拯民济世，
四海五湖腾巨蛟。
乘势起，
趁火红年代，
赢在今朝。

水调歌头

辞别昆士兰

春暮芳菲谢，
海岸闪金光。
四年光阴荏苒，
两鬓染青霜。
踏遍千山万水，
引线穿针不怠，
帷幄运筹忙。
但学马三宝，
丝路绽芬芳。

2017 年 4 月 30 日离任中国驻布里斯班总领事。离任前，辞行拜会州政要及各路精英，华人华侨举行大型欢送会。在总领馆举办的辞行会上，昆州政府前多元文化部副部长蔡伟民先生当众送我一把万民伞，声言鄙人为民办事谋福利，而又两袖清风，深受华人爱戴云云。其情其景令人不胜感慨。念及中澳、中昆互利共赢关系日益提升，颇为欣慰。

蟠桃宴，
觥筹错，
又何妨。
不曾踌躇，
捭阖游说也寻常。
备尝千般苦楚，
越过重重暗道，
蹈火也敢当。
愿取他山石，
圆梦大东方。

水调歌头

忆丁卯年游黄山

久慕黄山景，
夏日喜登临。
雾淞笔架奇柱，
仙女隐深林。
正拈莲花香草，
又立云峰揽胜，
清静绝凡尘。
我欲问仙公，
何处更撩人？

松间照，
溪竹影，
涧水粼。
细探幽境，
桃源异趣竟相邻。

攀越高岩峭壁，
涉足险滩野径，
额首悟艰辛。
历尽千般苦，
明道更精深。

水调歌头

三上井冈山

仰慕英雄久，
三上井冈山。
峥嵘岁月，
先驱创业万般难。
前虎后狼围困，
更有土豪匪寇，
竟日起烽烟。
赤卫擎旌旗，
峻岭敢登攀。

人间世，
多变幻，
乾坤翻。
腥风远去，
当年战地换新颜。

广厦星罗棋布，
宝马香车满地，
无处不斑斓。
继往开新局，
重整旧河山。

水调歌头

大梦应时作

大梦应时作，
未语何人知。
少时意气风发，
豪迈论高低。
不惧寒窗清苦，
哪管闲言碎语，
面壁学新知。
淡定淬心智，
开卷自矜持。

履坎坷，
经风雨，
保节姿。
不曾有误，
传道教习也心怡。

阅尽京华绝色，
踏遍异邦边塞，
报国未曾迟。
老骥临伏枥，
心壮慕晨曦。

水调歌头

中秋感怀

羁旅异邦久，
常忆故园情。
凝眸明月圆缺，
心绪总难平。
犹记清茶淡饭，
鸟语昵侬如诉，
情义抵千金。
今日独徘徊，
心曲向谁倾？

且回首，
少年痴，
旧梦惊。
苍天不老，
何必长叹怨公卿。

玄道龙场开悟，
曾子立说传经，
垂范有人英。
忠孝难兼顾，
勠力著丹青。

石州慢

忆甲子年华山怀古

峭壁千仞，
嵯峨峻岭，
鬼斧神削。
攀岩黛色苍龙，
谁不魂惊魄厥？
绝顶昂立，
恰似登天揽月，
旁瞻叠嶂烟云阔。
更叹悬崖松，
傲抗风雷灭。

心动。
炎黄穆穆，
胥出中州，
威仪夷越。

辟地开天，
草创千秋伟业。
秦皇赫赫，
咸阳定鼎乾坤，
开基一统堪雄绝。
人杰古今同，
万险勇跨越。

六幺令

戊子年泰山怀古

岱宗千嶂，
逶迤冠群岳。
东横齐鲁千里，
辉映中原月。
皇顶天门庙宇，
释道留碑碣。
山魂难灭，
千秋文脉，
代代相承自圆缺。

舜帝东巡朝祭，
雄主封禅谒。
骚客泼墨抒怀，
莫敢伤名节。

纵是凡夫俗子，

面壁尘心歇。

雄关如铁，

险峰胜境，

一路高歌朝庙阙。

念奴娇

武当山旧游记

登高远望，
看雄浑太岳，
云锁天柱。
隐现群峰无觅处，
丽日染红秋雾。
黛色山林，
雄奇绝域，
伸手攀天路。
空灵寂静，
清凉世界堪慕。

遥想朱棣登基，
正名不易，
殷赖神仙助。

劳力万千修庙殿，
旺了道场施主。
释道轮回，
荣衰几度，
武剑赢清誉。
凡夫多误，
禅机难得开悟。

望海潮

海南七仙岭风光

炎州风物，
保亭瑰宝，
国人却道蛮荒。
原野密林，
藤缠蔓绕，
逶迤十里风光。
云树伴幽篁。
七仙下凡界，
素裹青妆。
涧水潺潺，
山岚缭绕正秋黄。

江源谷地山庄。
有楼台水榭，
古朴堂皇。

榕树舒张，

槟榔玉立，

榴梿迎客同框。

黎锦有真传，

乘醉听歌舞，

一晌欢狂。

绝域无双景象，

归去总难忘。

临江仙

忆旧

丙申年八月

忆昔发蒙桑梓时，
岁寒不误欢娱，
苦中作乐好诗书。
掌灯消夤夜，
腌菜就红薯。

燕子呢喃迎旧主，
玩童嬉戏社鼓，
媚娘欢唱月影疏。
秋千舞树下，
窃笑有村姑。

蝶恋花

返琼探亲见闻

椰韵风情熏海岛，
榕树槟榔，
琼苑繁花俏。
万绿丛中佳女笑，
互留倩影纵情闹。

故地往来几十造，
步乱归乡，
鬓改情难了。
犹记当年荒野草，
如今美景何曾料。

永遇乐

居所怀古

江畔幽园，
凤凰老树，
青阶苔路。
尖阁冲天，
藤萝密布，
铁铸菱窗户。
寻常院落，
壁炉犹在，
人道将军曾住。
叹当年，
威风八面，
雄姿俯仰今古。

癸巳年六月，出使澳洲布里斯班，寓居江边馆舍。邻人相告，此尖顶旧舍乃第二次世界大战时麦克阿瑟将军官邸。顷有客来，复告之，皆欣欣然，因之怀古而作。

2017 年 12 月 30 日微信公众号“一知”刊出，末尾有改动。

烽烟往事，
枭雄人杰，
席卷千军雄旅。
激荡东洋，
拯民水火，
四海亲征苦。
抚今忆昔，
思人睹物，
夕照涂红天路。
应记取，
烽烟岁月，
长歌当哭。

西江月

中秋节

明月当空高挂，
霜天绿野鸣蝉。
喜逢双节说丰年，
浩荡笙歌一片。

淡淡乡愁夜静，
浅浅黄叶秋闲。
微群频发问平安，
道尽情缘无限。

菩萨蛮

星空

十字星座南天挂，
老人遥望四周寡。
猎户列西方，
眼前有天狼。
浩渺星云处，
可有天人驻？
河汉横苍穹，
珠锦绕碧空。

2016 年 11 月 14 日夜观天象于澳大利亚布里斯班。

渔家傲

海口感怀

少小听闻琼台好，
春风暗度润城堡。
负笈渝州曾借道，
惊错愕，
危墙陋巷芳丛少。

紫气东来年景好，
蛮荒蝶化成金岛。
沧海桑田展新貌。
凤还巢，
八方游客如候鸟。

2017年元旦前后，回海南探亲，居海口数日，漫步街头，满目花繁锦秀，不觉间感叹沧海桑田，豁然开朗。

江城子

五公祠怀古

五公遭贬下琼儋，
路遥迢，
赎身难。
黔首请荆，
拂面泪痕干。
僻壤天涯蛮气重，
劳力苦，
寝难酣。

深知天阙谏言谵，
意阑珊，
心茫然。

唐宋重臣李德裕、李钢、赵鼎、胡铨、李光先后贬官至海南崖城、儋州、昌化军等地，仍保持气节，亦不忘传播中原文化，教谕黎民百姓。琼民感其才德，遂建宗庙飨之，记其功于府城。

野菜充饥，
度日何其难。
未泯丹心昭日月，
行昌化，
百黎安。

江城子

中秋夜吟

去年今夕月明时，
赋新诗，
盼归期。
持节云游，
温酒话新知。
自古羁人多善感，
攀月菊，
寄相思。

中秋今夕闲云低，
月迷离，
鸟声稀。

丁酉年中秋时节，身在西半球，遥想亲朋旧友，夜吟王维登高诗《九月九日忆山东兄弟》，追念早逝舍弟，不觉黯然神伤。

风动桅樯，
海浪拍斜堤。
故国梦游情更炽，
冰心在，
复谁知？

满庭芳

乙酉元日示儿

贺岁声喧，
万民嘉庆，
九州喜气洋洋。
熏风拂面，
吉兆曜家邦。
携礼探亲访友，
祈吉愿，
情意深长。
孝尊长，
乐娱童稚，
积善有真章。

欢酣家宴酒，
祭天敬祖，
美意堂皇。

寄殷望，
金銮吉语良方。
且喜青春岁月，
莫放纵，
年少轻狂。
春光日，
欢飞喜鹊，
扬翼入厅堂。

谢池春

和陆游韵

投笔从戎，
气壮胆雄如虎。
庙堂深，
参知国务。
秋眠惊起，
叹时光多误。
望星空，
欲穿迷雾。

阶前老树，
月夜寒鸦如诉。
且回首，
酒醒渐悟。

潮头屹立，
问机缘何处。
宁甘心，
晚年虚度？

南乡子

自述

早岁耻言愁，
笑傲江湖万户侯。
陋室频拟治安策，
献猷，
自信中枢纳愚谋。

误入缙绅楼，
一梦醒来已晚秋。
四十功名多负我，
何求？
翰墨重操为国酬。

八声甘州

忆旧

忆饥寒少小发蒙时，
凄凉度秋冬。
琼西耕读苦，
掌灯旧邸，
寂寥星空。
揖别家园数千里，
开卷渝州东。
歌乐山风暖，
快意融融。

京畿烟柳荡漾，
杏坛沉浸久，
自在其中。

俯身修法意，
昂首步列宗。
不曾料，
腥风突至，
应天时，
竟掷笔从戎。
豪情壮，
丹心报国，
辉映山红。

八声甘州

回京述职抒怀

禹都银杏树，
越千年，
阅尽万家侯。
想九州往事，
豪情勃发，
涕泪横流。
五帝三皇创基业，
秦汉著春秋。
回望隋唐月，
何等风流。

不忍追思近史，
恨晚清衰败，
裂土难收。

幸中山揭竿，
旧貌续重修。
看今朝，
凝华淑景，
乾坤挪，
紫气满神州。
抬头望，
长空万里，
光耀五洲。

一剪梅
又见凤凰花

绿苑青峰火树花，
满眼红艳，
花簇锦攒。
展翅丹凤欲飞翔，
辉映天际，
碧海烟霞。

嘉木层林染青峡，
似曾相识，
海角天涯。
睹物思人风雨后，
落英缤纷，
似水年华。

余幼年于海南发蒙之时，暑假开学季常见校园有凤凰花开，红蕊丰姿，远望犹如孔雀开屏，美轮美奂，难于忘怀。2013 年赴澳洲履职，夏秋时惊见布里斯班满城尽是凤凰花，美艳无比。而今在格林纳达海湾岸畔再见无数凤凰树，且竟有红黄色花朵，喜不自胜，但又顿觉物是人非，年华易逝，逐记之。

诉衷情

回望故国有感

当年决意出琼儋，
游学在巴山。
炎天披阅经卷，
忘却浮生烦。

京畿梦，
犹未圆，
夜难酣。
家国情愫，
才下眉头，
又入心肝。

太常引

域外月夜感怀

临轩把酒望银河，
浮想联翩多。
天问久缠磨。
莫喟叹，
荣辱几何。

人生一路，
征程无数，
壮志历坎坷。
吐故纳芝兰，
香气沁，
引吭凯歌。

乙·时事物语

贺海军 152 编队护航暨环球访问

远征万里护航忙，
骇浪惊涛若等闲。
仗剑亚丁驱海盗，
扬帆红海洒芬芳。
张骞西进开丝路，
太保南往慰贡邦。
赤县复兴犹可待，
高歌猛士着华章。

2016 年 1 月 6 日海军 152 编队在亚丁湾护航后环球访问，抵达澳大利亚布里斯班港。敝人应邀主持欢迎仪式，并应舰队将领请求题词，遂赋诗以致贺。

贺第三届中澳电影节举办

昆州满地芳菲盛，
中澳影展又复来。
华夏风韵倾力演，
夷人故事尽情拍。
莎翁应喜佳人到，
汤祖当惊巨扇开。
燕舞莺歌狂欢地，
嫦娥笑语下凡来。

在中国驻布里斯班总领馆鼎力推动下，中澳电影节连续在布里斯班举办三届。国家广电总局为此给本馆颁发“中国电影海外传播突出贡献奖”，以资鼓励。2016年10月12日第三届隆重举行，欣然赋诗祝贺。

闻卡斯特罗辞世赋

一代英豪骑鹤去，
寰球惊叹泪沾衣。
书生振臂风云起，
雄主扬鞭厉鬼啼。
独立特行清誉重，
纵横捭阖道行奇。
尘缘夙愿随风散，
退位归山戏虎罴。

古巴革命英雄、共产主义领袖人物菲德尔·卡斯特罗 2016 年 11 月 25 日逝世，惊闻为之悲，填写一阕，谨此纪念时代伟人。

贺中澳科技创新论坛开幕

中澳英才聚布村，
探幽索隐乐融融。
天演牛顿揭玄理，
神助鲁班练巧工。
自古能臣无厚待，
而今术士有专攻。
喜看学界勤携手，
催发新花别样红。

2016 年 11 月 27—30 日在布里斯班总领馆协助下，昆州华人科学家工程师协会联合中国科技部、中科院在布里斯班举办中澳科技创新和产业化论坛，赋诗致贺。

观看电视直播澳洲议会辩论戏题

大澳朝堂激辩酣，
唇枪舌剑好逞强。
权臣说项分薄厚，
辩士相讥揭短长。
花旦净丑多异样，
巧言令色更寻常。
有心济世本无错，
须向先贤觅秘方。

观看电视直播
建军九十周年朱日和演习有感

大漠孤烟起苍黄，
秋风肃杀过险滩。
雄狮威武排阵势，
重器摄魂露真颜。
一代英豪肝胆壮，
三军将士剑光寒。
戍边御敌无所惧，
铁甲隆隆辗敌坛。

海外喜闻中共十九大召开即景

喷薄朝晖洒海天，
光芒万丈耀东方。
开天辟地雄风烈，
燕舞莺歌草木芳。

拜会格林纳达总理米切尔

捷足华庭话国谊，
殷殷笑语露心机。
连横合纵争奥援，
沧海横流应自知。

2018 年 3 月 17 日余亲赴格林纳达总理米切尔官邸拜会，祝贺其竞选连任。

闻中央宣布建设海南自由港

忽报琼崖传号外，
足蹈手舞似癫狂。
却看微信满屏刷，
喜见乡贤瑞气扬。
美梦成真思哲士，
蝶蛹羽化赖良壤。
共襄盛举民心壮，
辟地开天振旧邦。

闻美英法空袭叙利亚有感

列国争锋战未休，
生灵涂炭有谁怜？
地球村内本同命，
铸剑为犁应自敛。

2018 年 4 月，英美法出兵远袭叙利亚，炮轰此小国。闻知颇为惊悚，恐中东乱局复起，心有戚戚焉。

喜闻朝韩首脑板门店会谈

半岛风云变幻频，
板门店里议和平。
并肩携手恩仇解，
弃核裁军国运兴。
健步横穿分界线，
挥毫著就弟兄情。
春秋大义功成日，
万代英名照汗青。

2018年4月27日，朝鲜国务委员会委员长金正恩跨过朝韩分界线，与韩国总统文在寅在板门店举行历史性会谈，举世瞩目。

多米尼加与中国建交

岛国梦醒不复疑，
识时俊杰展英姿。
越洋牵手两相喜，
共享蟠桃应可期。

2018年“五一”节期间，多米尼加共和国决定与中国建立外交关系。其时，多总统与外长访华，签署建交联合公报，与中国领导人相谈甚欢，共同祈愿合作共赢。

上合组织青岛峰会

亚欧首脑会鲁齐，
求解安邦策论题。
帷幄运筹连合纵，
同舟共济应天时。

2018年6月9日至10日，中国轮值举办上海合作组织青岛峰会，中俄哈吉塔乌印巴领导人与会，伊朗土耳其蒙古阿富汗领导人以观察员身份参加，盛况空前。

中非合作论坛召开

冠盖云集气势宏，
千年一梦鼓洪钟。
当初共饮一壶酒，
今日欢歌天下同。

2018 年 9 月 3 日至 4 日，中国非洲论坛在北京召开，所有非洲国家均出席会议，规模空前。此论坛创设于 2000 年，至今已历七届。

港珠澳大桥通车

跨海铁龙三地连，
鲁班造物赛天工。
功成揭幕欢歌日，
四海惊艳彩桥红。

连接香港—珠海—澳门的大桥堪称世纪工程，戊戌年重阳节后通车。其施工难度非外人可知晓，其宏伟壮观景象实属罕见。

第一次世界大战结束100周年

欧陆硝烟湮灭久，
百年回首尚心惊。
屠城灭国堪惨烈，
战祸勿忘保太平。

1918年11月11日第一次世界大战终战，至今100年。浏览一战历史，不胜惊悚。但愿握有重权者，能慎起兵器，维护和平，则世人幸甚。

浪淘沙

游红河野沙岛有感

巨浪拍绝壁，
澎湃滔天。
深洋涌动闪波光，
一头蓝鲸翘尾翼，
破浪向前。

极目向东方，
霸主横鞭，
南洋排阵气势癫。
黄老神功安社稷，
佑我海疆。

2016年3月应澳大利亚昆士兰州红土市市长邀请，访红土市郊野岛，触景生情，遥想美国和菲律宾搅局南海，不觉怒发冲冠，感而赋成此阙。

满江红

九一八抗日纪念日

警笛呜咽，
惊回首，
心疼彻骨。
贬日寇，
祭怀先烈，
恩仇难赎。
血色狼烟遮日月，
神州故土遭荼毒。
更难忍，
屠灭南京恨，
人神哭。

2016年9月18日抗战胜利日作。

群雄起，
磅礴立，
驱虎狼，
除恶鼯。
举旌旗，
聚义不周山麓。
沐血疆场鏖战急，
拯民水火争斗苦。
洛神出，
浩荡展宏图，
朝天柱。

满江红

国庆

举国同欢，
红旗动，
豪情激越。
军乐奏，
记功碑下，
俯铭先烈。
六十八年求索急，
万千华族从头越。
到而今，
雄崛震寰球，
难消歇。

依良法，
行厚德，
施善治，
和衷接。
看江山如画，
旧邦雄崛。
丝路开通连陆海，
鲲鹏展翅凌云月。
兴汉唐，
美梦信如期，
凌天阙。

鹧鸪天
邀宴昆州州长白乐琪

执手言欢话邦谊，
东西风俗有差池。
正襟危坐谈时事，
换盏交杯论旧知。

相见易，相交难，
到底胸中有雷池。
天机未敢轻流露，
使命谨记不复遗。

2016 年 10 月 23 日作。

忆秦娥
贺天宫二号发射升空

雷霆烈，
巨龙怒吼冲天阙。
冲天阙，
载人升空，
天宫衔接。

虚无太空杳无极，
环球绕行超神绝。
超神绝，
人归人去，
天地无别。

2016年10月21日中国成功发射天宫二号飞船升空，喜极而作。

忆秦娥

加勒比飓风

飓风漫天吼，
骇浪狰狞。
加勒比海黑云翻，
广厦楼宇尽荡平，
涂炭生灵。

惨事不堪闻，
赈灾有情。
八方援手献芳心。
救难方舟驰骋急，
鬼泣神惊。

2017年8月，加勒比地区发生十二级飓风，多米尼克、古巴多地房屋夷为平地，受灾深重。中国和国际社会施以援手，助其共克时艰，重建家园。

踏莎行

闻内子参加达沃斯论坛赋得

彻夜行文，
推敲案稿，
难题破解绸缪好。
阁员相问献良谋，
时时预判玄关道。

足踏红毯，
额手称庆，
高朋满座殷勤笑。
西风渐缓东风烈，
雄狮独步冲天啸。

2017年初，国家主席习近平赴瑞士出席达沃斯经济论坛，发表重要演讲，引领全球化发展潮流，受到世界各国高度赞赏。内子以商务部欧洲司司长身份参与相关筹备活动，亲历盛况。闻知信息，不禁为之欢欣鼓舞。

一丛花

戏题美国总统选举

世人紧盯票箱屏，
蓝绿急翻频。
豪商绝胜惊天下，
拥趸笑，
颠覆舆情。
皇后神伤，
川家狂喜，
盟友叹莫名。

星条旗帜顶风迎，
新主恐横行。
如棋世事谁堪料，
霸业衰，
王道中兴。

天佑神州，
振兴可待，
鹏转莫迟停。

南乡子

再登圣乔治古堡有感

大暑再登楼，
怒目远眺北美洲。
迷雾重重遮望眼，
心揪，
骇浪惊涛掀逆流。

坐看雨来骤，
商旅硝烟不见休。
斧钺该当斩黑手，
同仇，
破釜沉舟济五洲。

青玉案

访纽约世界贸易大楼遗址

缓行世贸机殇地，
掉魂处，
惊回忆。
犹见当年腥血迹。
生灵涂炭，
鬼啼神悒，
风暴冲天起。

巨坑俯视游人寂，
水幕涟涟断肠泣。
似剑新楼铭浩气。
扪心始信，
孽缘轮替，
人道存公义。

2017年6月12日赴任格林纳达，路经纽约，前去“9·11”事件发生地世界贸易大楼遗址参观。原址现辟为纪念博物馆，建有一巨型深坑，坑壁四周装饰有水注帘幕，常年流淌不息。重建大楼形状有如一把利剑，直插云端。其寓意不言自明。

六州歌头

贺改革开放四十周年

神州震荡，风起岭南中。
穿暗洞，摧朽枞，
破苇丛，越群峰，潮涨江川动。
群英涌，豪情重，
率万众，齐心颂，鼓洪钟。
伟岸邓公，掌舵千斤重。
承继先宗，揭迷津重重。
克左右邪风，护卫旗红，建丰功。

广招才俊，平冤讼，
除旧患，去沉壅。
清尘封，推一统。
特区风，领先锋。
亿兆万方从，心与共，百业隆。

乘胜动，东风送，续新功。
日出东方，满天彩霞红，映照长空。
看乾坤磅礴，待金鼎盘龙，百凤朝拥。

图书在版编目（CIP）数据

使者行吟：赵永琛诗词选 / 赵永琛著 . --北京：世界知识出版社，2019. 7

ISBN 978-7-5012-6033-1

Ⅰ. ①使… Ⅱ. ①赵… Ⅲ. ①诗词—作品集—中国—当代 Ⅳ. ①I227

中国版本图书馆 CIP 数据核字(2019)第 130670 号

责任编辑　狄安略
责任出版　赵　玥
责任校对　陈可望

书　　名　使者行吟——赵永琛诗词选
Shizhe Xingyin—Zhaoyongchen Shicixuan

作　　者　赵永琛

出版发行　世界知识出版社
地址邮编　北京市东城区干面胡同 51 号（100010）
经　　销　新华书店
网　　址　www. ishizhi. cn
电　　话　010-65265923（发行）
010-85119023（邮购）
印　　刷　北京虎彩文化传播有限公司
开本印张　880 毫米×1230 毫米　1/32　9⅞印张
字　　数　80 千字
版次印次　2019 年 7 月第一版　2019 年 7 月第一次印刷
标准书号　ISBN 978-7-5012-6033-1
定　　价　48. 00 元